「いいよ。可愛い耳も出てきたし」

　有生は色っぽい顔で笑むと、握っていた手で、慶次の性器を扱いた。　　　　　　　　（本文より）

BBN
B•BOY NOVELS

きつねに嫁入り

―眷《けん》愛《あい》隷《れい》属《ぞく》―

夜光 花

イラスト／笠井あゆみ

この物語はフィクションであり、実際の人物・団体・事件等とは、一切関係ありません。

CONTENTS

きつねに嫁入り

―眷《けん》愛《あい》隷《れい》属《ぞく》―

■1　冬の出会い

弐式有生《にしきゆうせい》は物心ついた時から人ならざるものが視《み》えた。

霊も、悪霊も、妖怪も、妖魔も、神様も仏様も視覚で認識できた。悪霊や妖魔といったものは隙を見せると有生を闇の世界に引きずり込もうとするので、無意識のうちに有生はポーカーフェイスになった。何が起きても無表情でいると、悪霊は諦めて去っていくことが多いからだ。そのせいで昔から「何を考えているか分からない」と周囲の人からは言われた。人というものは、得体の知れないものを怖がる習性がある。有生は自然と一人になり、友達という存在は皆無だった。ごくまれに近づいてくる子はいたが、鬱陶《うっとう》しかったのでその子の嫌がることをイメージすると、もれなく怯えて去っていった。有生のイメージ力は特殊なものだった。相手のことをじっと見つめると、身体のどこかに黒っぽい部分が視える。そしてそれに関する過去の記憶も。身体の弱い部分を攻撃するイメージを送ると、相手はまるで本当にそうされたみたいに嫌がるのだ。

有生は学校で浮いていた。けれど、孤独を悪いものとして捉えてはいなかった。人間に対する興味は薄く、神仏と話しているほうが楽しかった。

有生の一族は悪霊や妖魔を退治する討魔師《とうまし》という役目を負っている。本来なら十八歳になった時、試験を受けて討魔師となるのだが、有生は違った。

有生が十歳の頃、山を歩いていた時、白い大きな狐《きつね》が現れて『我と契約するか』と聞いてきた。二千年は生きている白狐だった。対峙《たいじ》するだけで圧倒され、有生は呑まれたように頷《うなず》いていた。

白狐を身に憑《つ》けた有生は一族の承認を得て、討魔師として働くこととなった。三つ上の兄の耀《よう》司《じ》も、ある日狼の眷属《けんぞく》に声をかけられ、契約を結んだという。

白狐といれば下級霊は近寄らないので生活は楽になった。

そんなある日、十四歳になった有生に、ある妖魔退治の話がきた。

沼に棲《す》む妖魔が人の子を喰うので退治してほしいという依頼がきたのだ。その妖魔は大人相手では姿を見せないということで、有生に白羽《しらは》の矢が立った。つまり、有生自《みずか》らおとりになり、妖魔を倒してこいというのだ。

「有生、私が一緒にやるよ」

有生と仕事を組んだのは山科律子《やましなりつこ》という討魔師だった。当時三十歳のふくよかで宝石の好きな女性だ。討魔師としての仕事を始めた時、有生の指導者となったのが律子だ。いつもにこにこしてパワフルな人で、何度かうざったくなって攻撃を仕掛けたことがある。律子は以前足の骨を折ったことがあるので、そこを蹴るイメージを送った。最初は律子も他の人と同じように顔を顰《しか》めたが、持ち前の根性で有生の髪をぐしゃぐしゃにして笑った。

「ぜーんぜん、効かないから！」

律子は宣言するように言った。言霊《ことだま》というものがあって、心身共に正常な状態で唱《とな》えると本当に効かなくなる。以後、有生は律子を指導者として受け入れ、行動を共にしていた。

妖魔が棲むという沼は和歌山県にあった。律子の運転する車で向かい、夜になるのを待って有生は一人で沼に近づいた。

ところが、妖魔は現れなかった。

二日ほどねばってみたが、一向に姿を見せない。

「有生、あんた子どもとして認められてないよ」

律子はそう言って馬鹿笑いした。律子は時々イラッとする笑い方をする。有生がムッとしていると、律子は近くに弟夫婦が住んでいると言い出した。弟夫婦には子どもが二人いるから、おとり役をやってくれないか頼んでみるというのだ。

律子が電話をすると、慶次《けいじ》という子どもがやると言い出した。親戚だが、有生は会ったことがない。律子の話では、兄弟二人とも霊能力を持っているので、いずれは討魔師になるだろうということだった。

有生たちは慶次がいいおとりになるのを期待した。

慶次は見事におとり役として妖魔を引きずり出した。有生の時はちっとも姿を見せなかった妖魔が、沼の傍《そば》で慶次が遊び始めたとたん出てきたのだ。

慶次は雑木林のほうに妖魔を誘い込んだ。律子と有生は妖魔を退治し、一件落着した。

おとり役の慶次は、妖魔の瘴気《しょうき》にあてられたのか、ぐったりして倒れてしまった。律子が額に手を当てると、熱があると言う。

「この子、本当に十歳？　小さくない？」

律子が慶次を背中に背負って歩き出すと、有生は気になって呟《つぶや》いた。慶次は同年代に比べても小さくて、手足は折れそうに細い。今は閉じているが、くりくりした目は幼い印象を与える。

「これからきっと伸びるわよ。有生、あんたがひょろひょろ伸びすぎなんだって」

律子は笑っている。そんなものかと有生は慶次を見つめた。

慶次の白い肌に目を奪われる。肌の白さに対して、ほっぺが真っ赤になっているのが落ち着かない気分にさせる。変な話だが、美味《おい》しそう、と思った。

ふっと慶次の目が開いて、潤んだ目が有生を見つめる。大きな黒い目。濡れている目を見ていると、身体の奥が熱くなって、もぞもぞする。

「君……」

有生は口を開きかけて、何を言えばいいか分からず黙り込んだ。こういう時に会話する能力を有生は持っていない。年頃の子どもと遊んだ記憶なんてほとんどないからだ。

「律子さん、気づいたみたいだけど」

有生は結局律子に救いを求めるように言った。律子がホッとしたように背中の慶次を見やる。

「慶次、大丈夫？　お役目ご苦労さん。お前のおかげであの沼にいた妖魔を退治できたよ。子どもじゃないと興味を引かれないみたいでね。有生は子どもにカウントしてくれなかったみたいだし」

律子にからかわれ、有生は余計なことを、とそっぽを向いた。

「穢《けが》れに触れて、熱が出ちゃったのかしら。もうすぐ家に着くから、待っててね」

律子は五分もすれば慶次の家に着くという。有生は何故かそれを残念に思った。この子のリンゴみたいに真っ赤なほっぺをもう少し見ていたい気がした。

有生は地面の雪を拾って、慶次の頬に押しつけた。自分が見られないのに他の人が見るのは嫌で、この熱を冷ましたかったのだ。

「何……？」

慶次はとろんとした目つきで聞く。気のせいか、気持ちよさそうだ。

「こうすればその赤いほっぺが冷めるかと思って」

有生はなんとなく嬉しくなって、拾った雪をまた押しつける。雪は慶次の熱で溶けていく。ついでに慶次の頬に触れると、柔らかい餅《もち》みたいで心地いい。引っ張ってどれくらい伸びるのか確かめてみたかったが、そこまでやったらまずいのは自覚していた。

「……あのさぁ」

慶次が律子の背中にもたれながら呟く。

有生は新しい雪を手に取って、慶次を見た。

「お前、超かっけーな……」

慶次がぼそぼそとした声で言う。有生は持っていた雪を落としてしまい、自然と足を止めた。先を行く律子が、どうしたのと振り返ってくる。有生は我に返って足早に進み、律子に追いついた。

なんだろう、この子は。もしかして自分を褒めたのか。

有生は腹の辺りがむずむずとして、変な気分になった。急にどういう表情をしていいか分からなくなった。無表情でいるのが常の自分が、頬がぴくぴくしてしまう。自分が変になった原因はこの子どもにある。

有生は動揺して、慶次を凝視した。慶次の弱い部分は額にあった。公園で遊んでいる時、遊具にぶつけて出血したらしい。有生はいつものように慶次の額を攻撃した。ところが、慶次にはなんの変化もない。平然としている人間は初めてで、有生はうろたえた。律子ですら、不快感を見せたのに。

「律子さん、こいつ、何者なの?」

有生はどうしていいか分からなくなり、攻撃をやめた。

「何者ってどういう意味？　慶次は慶次よ。将来、討魔師になれたら、助けてやってね。歳も近いんだし、きっと仲良くなれるわよ」

律子は有生の問いの意味が分からなかったようで、呑気《のんき》に話している。

いつかこの子と組むことなんてあるのだろうか。

有生は熱を出して律子の背中に揺れている慶次を覗《のぞ》き込んだ。やっぱり美味しそうなほっぺをしている。有生は高鳴る鼓動を感じ、目を逸《そ》らすことでそれを回避しようとした。

■2　相棒

山科慶次は深呼吸して門をくぐった。

何度来てもこの屋敷の門を通る時は緊張する。そびえたつ黒い門は無関係の者が敷地内に入ることを拒絶している。門の先に木の鳥居《とりい》があるせいでたまに一般人が間違えて入ってくることがあるらしいが、その誰もが途中で気分が悪くなったり、無性に帰りたくなったりしてUターンするという。

関係者である慶次は、鳥居を過ぎると清浄な空気を感じて大きく伸びをした。慶次の親戚である弐式家の敷地は、天狗《てんぐ》が見守る神域となっている。あらゆる邪気を遮断し、不浄の者が入り込めない場所を、何代も前の当主が作ったらしい。

慶次がこの屋敷を訪れるのは、去年の夏休み以来だ。昨日、三月十五日、慶次は高校を卒業して、ようやくここを訪問できた。卒業まで待つというのが弐式家との約束だったからだ。

同級生が進学したり就職したりする中、慶次は討魔師という道を選んだ。十八歳になった夏至《げし》の日、試験に受かり、慶次は晴れて討魔師になった。討魔師は一族の人間しかなれないもので、神の眷属を従えて悪霊や妖怪を退治する特殊な職業だ。幼い頃から憧《あこが》れていた討魔師になれた時は人生で一番嬉しかった。

けれど現実は厳しかった。憑く眷属は人によって違うのだが、何故か慶次の眷属は半人前の子《こ》狸《だぬき》だったのだ。理想としていた討魔師としての活躍ははるか遠く、慶次は地味に鍛錬《たんれん》を積むしかなかった。

「やっと、卒業できたな。あー、待ち遠しいぜ」

蛇行《だこう》する石畳を歩きながら慶次は抑え切れない笑みをこぼした。一族の重鎮《じゅうちん》である巫女様に仕事を始める挨拶《あいさつ》をするために、今日は一張羅《いっちょうら》のスーツを着てきた。

去年の夏至の後、慶次の兄である信長《のぶなが》は事件を起こした。本家の次男の力を借りてどうにか解決したものの、討魔師の試験に受かった信長は資格をはく奪された。その後、紆余曲折《うよきょくせつ》あり、慶次は弐式家の次男と組んで仕事をすることになった。ところが慶次の能力を見た巫女様が「ひどすぎるのう」と言って慶次が高校生の間は、仕事を与えないと言ってきたのだ。巫女様は一族のご意見番といってもいいほど力のある老婆なので、その意見には逆らえなかった。巫女様が言うのも無理はない。何しろ慶次は悪霊がただの黒いもやもやにしか視えないし、退治しようにも武器が針ときている。ふつうの討魔師は、敵の姿もはっきり視えるし、武器も弓矢とか刀とかかっこいいものばかりだ。

高校くらいは卒業したほうがいいという周囲の意見もあって、慶次が本格的に仕事をするのは卒業してからということになった。そして今日、晴れて卒業した慶次は、意気揚々《いきようよう》と本家を訪れたというわけだ。

『ご主人たまー、お狐さまに会わなくていいんですかぁ？』

門から長い時間をかけて本家の玄関に辿《たど》り着くと、気になった様子で子狸は慶次の体の中にいるので、直接頭に声が聞こえる。

「え……行くのかよ……？」

慶次はチャイムを押すのを止めて渋い顔つきになった。

子狸が言っているのは、離れに住んでいる弐式有生のことだ。有生は齢《よわい》二千といわれる白狐を憑けている。いつも人を馬鹿にした口ぶりだし、意地悪でふしだらな誘いをかけてくるので慶次は大嫌いだった。けれど兄の件ではかなり世話になり、有生がいなければ今頃どうなっていたか分からない。いいところもほんの少し、いや一ミリくらいはあるのかもしれないが、慶次は好いていない。

とはいえ、その好きでもない相手と何度か身体の関係を持ってしまったのも事実だ。

もちろん合意というわけではなく、一度目は痺れているところを無理やり、二度目は兄を助けてくれた報酬代わりに抱かれた。

有生は貪るように慶次を抱く。どうみても自分のことを好きだろうと思うのだが、「そんなことあるわけない」と鼻で笑う。自分だって別に好きじゃないと言い返すと怒るのが納得いかなくて、有生とは言葉にできない関係になっている。

その有生だが、家に戻った後、何度も「来い」というメールが来た。学校があるし、仕事がない限り会いたくなかったので無視していると、冬休みに突然スーツ姿で家に現れた。あの時のことは、忌《い》まわしい記憶になっている。

「こ、こ、これは有生様！」

連絡もなしにやってきた有生に、父も母も兄も仰天《ぎょうてん》して、大騒ぎになったのだ。慶次は平気だが、他の人は有生といると蛇に睨《にら》まれた蛙《かえる》みたいになる。ふだんでもそうなのに、訪問してきた有生は不機嫌の塊《かたまり》で、父は怒られてもいないのに土下座しそうになったほどだ。有生には人を不安にさせる能力があって、あの日はそれが全開だった。

「あ、あの時は本当にご迷惑を……ひぃ！」

信長は助けてもらった礼を言おうとしたが、そのままガタガタと震えだした。信長は感受性が強いので、有生の負の空気をもろに浴びて真っ青になった。母はお茶を出そうとしてリビングにぶちまけるし、父は壊れたラジオみたいに「本日はお日柄もよく」しか言わない。リビングに顔を出した慶次は、お通夜かと思ったくらいだ。

「何しに来たんだよ、有生」

怯える家族を見ていられず、慶次は有生を自分の部屋に連れて行った。二階の六畳間が慶次の部屋だ。本棚と机、和箪笥《わだんす》、それに小遣いで買ったトレーニング用品が置かれている。有生はじろじろと慶次の部屋を見回し、うざったそうにため息をこぼした。

「君が来ないから俺が来たんだろ。なんでメールを無視する？　呼んだらすぐ来なよ。俺がこっちに来るとこうなるって分かってんだろ？」

有生は腕を組み、顰めっ面《つら》になる。家族の様子を見て、慶次もつくづく思った。できれば有生には家に来てほしくない。

「あのなぁ、学校あるって言ってるだろ。俺はまだ高校三年生なの！　っつうか、行く金もねーし！」

傲慢《ごうまん》な態度の有生に腹が立って、慶次は食ってかかった。有生の眉間に寄っていたしわが消え、意外そうな目に変わる。

「金がない？　本家から給料もらってるでしょ？」

有生は疑惑の眼差《まなざ》しだ。

「俺はまだ仕事を始めてないから、もらってねーよ！　高校卒業したら振り込まれるって」

討魔師になると、本家から定期的に給与が振り込まれる。仕事内容によって差はあるが、まったく仕事をしなくてもある程度の金はもらえるのだ。けれど慶次は半人前の眷属というのもあって、高校を卒業するまでは振り込まれないことになっていた。

「そうだったの。じゃあ、俺が車で来てるから、今から行こう」

有生が腕組みを解いて言う。

「行くってどこへ」

「俺んち」

「行って何すんの？」

有生と向かい合って、不毛な会話をする。

「セックス」

当然のような言葉が返ってきて、慶次は真っ赤になって有生のすねを蹴ろうとした。あいにくひょいと避けられて、慶次のほうがよろめく。有生は昔からお茶を飲もうみたいな気楽さで慶次に「セックスしよう」と言ってきた。昔は怒りつつも許してきたが、一線を越えた後では、態度も変わる。

「なんで俺がお前んち行って、セ、セ……ックスしなきゃなんないんだよ！　する理由ねーし！」

ムカムカしてきて有生に怒鳴りつけると、長い腕が慶次のうなじを摑む。強引に抱き寄せられて、慶次は有生の胸板を押し返した。

「理由とかどうでもいいよ。俺は慶ちゃんとしたいの。なんでうだうだ逆らう？　いっそここでしてもいいけど」

有生に強引にキスされそうになって、慶次は腕の中で暴れた。有生の唇が深く重なってきて、久しぶりの感触にくらくらくる。最後に抱かれたあの夏の日以来だから、唇を吸われる心地よさは脳を刺激した。――けれど。

慶次は理性を総動員して、有生の腹に一発お見舞いした。キスしていたので有生は避けることができず、かすかに顔を歪めて離れる。

「あのなぁ！　俺とお前はそういうことする関係じゃないの！　そういうのは好き合ってる奴らがやることだろ！」

口を覆って飛びのくと、慶次はぴしゃりと言い返した。

家に戻って冷静になり、有生との関係にけじめをつけることにした。そもそも恋愛関係でもない相手と身体を交えるなんて不潔だ。有生からの誘いを無視していたのも、相手の強引な態度に引きずられないようにするためだ。

「……」

有生は明らかに不機嫌に戻り、こめかみをぴくぴくさせて慶次を睨みつける。その気迫に負けまいと慶次も睨み返した。

『ひー、ひー、怖いよう、怖いよう。ご主人たまー、息ができませぇん！』

子狸は有生の重圧に耐え切れず、腹の中でぐるぐる暴れている。言うことを聞かない慶次に有生はひどく腹を立てていた。なんでそこまで自分とセックスをしたいか分からないが、有生は慶次を犯すのが好きだ。有生は見た目もかなりのイケメンだし、金持ちだし、身長も高い。もっと綺麗《きれい》な女性や可愛い子が引く手あまたのはずだ。そもそも慶次のことを好きじゃないと口では言っている。

「……あっそ」

さらに何かしてくるかと思ったが、有生はじろりと慶次を睨みつけ、踵《きびす》を返した。

そして来た時と同じ唐突さで、帰ってしまったのだ。

――それが冬休みの出来事だ。あれ以来、有生はメール一つ寄こさなくなった。慶次としては不気味以外の何物でもない。

「はぁ……」

最後に会った日を思い出し、慶次はため息を吐いた。有生は自己中心的な男だ。思い返してみても自分に非はないと言えるが、有生の怒りを買ったのは確かだ。

「顔出さなきゃ駄目かなぁ」

本家に挨拶する前に有生と会うべきだろうか。慶次としては会わずにおきたいが、慶次が仕事で組む相手は有生なのだ。それに有生は、慶次が本家に来たのに、自分に先に挨拶に来なかったらムッとするだろう。万が一にでも慶次と仕事で組むのが嫌だと言い出されないために、有生と話しておくべきだ。

あの後、慶次も少し反省したのだ。

高知の山奥から有生はわざわざ慶次に会いに来た。その有生を五分でとんぼ返りさせたのは可哀想《かわいそう》だったかもしれない、と。

「もうしょうがねーな。あいつのが年上なのに、俺が気を遣うのかよ」

慶次はぶつぶつ文句を垂れながら離れに続く道を進んだ。有生の離れは、母屋《おもや》から距離がある。母屋周辺の手入れがされている庭を離れると、生い茂った草木が歩みを遮る。藪《やぶ》となった道なき道を慶次は進んだ。

「あれ……？　おっかしーな」

以前はあった獣道がなくなっていて、慶次は方向感覚を狂わせながら辺りを窺《うかが》った。なんだか森でさまよっているようだ。そろそろ有生の住む離れに着いてもいい頃なのに、一向に家が見えない。

「子狸、俺、道間違えた？」

慶次は歩くのをやめて、子狸に道案内を頼んだ。半人前の子狸ができることは道案内と、腹踊りだ。

『ご主人たまー、術がかかってますぅ。このままじゃ一生つきません！』

ぽん、と慶次から飛び出してきた子狸が、きょろきょろしながら言った。

「術ってなんだよ、……まさか、有生が俺に会いたくないから、とか？」

愕然《がくぜん》として慶次は固まった。そういえば前に家族で来た時、なかなか離れに着かなかった。有生がこんな子どもっぽい嫌がらせをしてくるとは思わなかったので、慶次はしばらくその場に立ち尽くした。あの出来事から三カ月近く経《た》っているし、忘れているだろうと思ったのに、怒りは持続しているらしい。

「くっそー、あの陰険狐《いんけん》め！　そっちがそうなら俺も知らねーし！　子狸、とっとと巫女様に挨拶に行くぞ！」

無性に腹が立ち、慶次は有生の家に行くのをやめて、母屋のほうの本家の玄関に戻った。子狸は謝れと言ってくるが、悪くない自分が頭を下げる必要などない。

「おお、来たか」

使用人に母屋の奥座敷に通されると、緋袴《ひばかま》姿の巫女様が現れて笑みをこぼした。八十歳になる老婆で、名を弐式初音《はつね》という。見た目は小柄なおばあちゃんだが、眼光鋭く足腰もしっかりしている。

慶次が通された奥座敷は畳敷きで、開いた障子《しょうじ》の先は美しい庭園になっている。床《とこ》の間には季節の花が活《い》けられ、水墨画が飾られている。座布団に座ってお茶を飲みながら庭を見ていると、巫女様が入ってきたので慶次は居住まいを正した。

「お久しぶりです。今日から仕事を始めたいと思っております。精進《しょうじん》しますのでよろしくお願いします！」

慶次は巫女様の前に正座して言った。

「卒業おめでとさん。お前のために仕事をとっておいたぞえ」

座卓の前の座布団に座ると、巫女様が封筒を取り出す。初仕事だと慶次はわくわくして座卓に前のめりになった。縁側から使用人がやってきて、三人分のお茶菓子を置く。

「その前に、有生を呼んでおるのじゃが、あやつは何をしておるのじゃ」

封筒を座卓に置いて、巫女様がいぶかしがる。早く仕事内容を知りたかった慶次はがっくりして唇を尖らせた。

「有生なら挨拶に行こうとしたら、拒絶されたし。巫女様、あいつと組まなきゃ駄目ですか？正直、俺別の人のほうが……」

巫女様にそう言いかけた時だ。間の悪いことに有生が廊下から顔を出した。慶次の話を聞いていたのだろう。イラッとした顔でひどく睨みつけられた。

「半人前の子狸が生意気。あのね、言っとくけど君みたいに使えない子、俺以外とやったら足手まといでしかないよ。五歳児の霊すら浄霊できなかったくせに」

有生はこめかみを引き攣《つ》らせながら、慶次を見下ろして言った。有生はニットのセーターにジーンズというラフな格好で、どかどかと中に入り、慶次を蹴り飛ばした。

「痛ぇな！　何すんだよ！」

有生に蹴られ、畳を転がった慶次は、目を吊り上げて怒鳴った。

「長い足が引っかかった。ゴミが落ちてるのかと思って」

有生は平然と言う。

「誰がゴミだ！　言っとくけど、今は五歳児の霊くらいなら浄霊できるようになったんだからな！　馬鹿にすんな、クソ狐！」

怒りのあまり飛びかかろうとしたとたん、巫女様の「やめんかい！」という一喝《いっかつ》が飛んだ。

「ほんとにお主らは……、まぁ有生とそこまでやりあえるのは慶次、お主《ぬし》くらいじゃよ。良いコンビではないか。ともかく二人とも、そこに座れ。仕事の説明をする」

巫女様は呆《あき》れつつも笑っている。慶次はちっとも笑えなくて腹を立てたままだったが、しぶしぶ座布団に座り直した。有生も仏頂面《ぶっちょうづら》で慶次の隣に座る。

「場所は埼玉。地図はここにある。篠原《しのはら》という家の娘が最近おかしな行動を取るようになって困っておるということじゃ。狐憑きといわれる状態らしい。すぐに出発できるようじゃったら、訪問する旨《むね》を連絡するが」

巫女様から渡された地図はさいたま市のものだ。二枚ほど写真が入っていて、若い女性が髪を振り乱して暴れている姿が映っている。

「近くの神社で悪さをしたのが原因かもしれないと言っておる」

巫女様は家の写真も見せる。

「典型的な奴だろ。俺が行くほどじゃない」

写真を一瞥して、有生がそっぽを向く。有生は写真を見ただけで、何が起こっているか分かるようだ。慶次も写真をじっくり見たが、何も分からなかった。

「有生、これは慶次のための仕事でもあるのじゃ。大体お主、前はやる気になっておったのに、どうしてそんなにへそを曲げておる」

巫女様は不思議そうに有生に聞く。前はやる気だったと知り、慶次はちらりと有生を見た。有生はふてくされた様子で座卓に肘を突いている。やる気が失われたのはおそらく慶次がセックスを拒否したからだろう。神聖な仕事に対し、その態度。慶次はムカムカきて座卓をばんと叩いた。大きな音がして巫女様と有生が慶次に注目する。

「有生！　仕事と、俺とお前の関係とは別もんだろ!?　お前も討魔師なら、仕事とプライベートはきっちり分けろよ！」

慶次は大声を上げた。どう考えても正論、自分の考えが正しいはずだと思って。

ところが有生の反応は、想定外だった。

「はぁ？　別もん？　別もんじゃないでしょ。同じでしょ」

当然といった態度で反論され、慶次は一瞬言葉を失った。

「え、一緒……？」

仕事とプライベートは別だというのは一般的な考えだと思っていたが……。ひょっとして自分のほうが間違っていたのだろうか。

「えっと……一緒、なのかな？　巫女様」

自信がなくなって巫女様に伺《うかが》いを立てると、はぁとため息が降ってくる。

「慶次、お主のほうが正しいから自信を持て。しかしこの有生に常識が通じないのも、また真実なのじゃ。言い合いは後にして、それでは今から出発してくれ。相手の家には明日伺うと言っておくからな」

巫女様は手を叩いてこの不毛な会話は終わりとした。慶次は納得いかないまま仕事に出ることになった。


高知の山奥から東京まで、慶次は有生の車に乗って移動した。慶次は別行動をとろうとしたのだが、襟首を掴まれて、車に乗せられた。

有生は運転中、ずっとむっつりしていた。当然互いに何もしゃべらず、車中はしんとした状態だ。高知から東京までの長時間を無言で過ごすのはかなりストレスだった。せめて景色が変われば気分も変わるが、高速を走っているので景色は変わり映えしない。

（ちょっと悪かったなぁとか思ってたのに、結局喧嘩《けんか》になっちゃったなぁ）

助手席で窓の外を眺めながら、慶次はため息をこぼした。有生には恩を感じているし、ただの仕事相手としてならいくらでも仲良くしていいと思っている。慶次が嫌なのは恋人でもないのに身体の関係を持つことだ。慶次には当たり前のことが、有生には通じない。

（っつうか、今夜どこに泊まるんだろ。また有生のマンションに行くのかな）

高速を飛ばし、夜には首都高を走っていた。依頼主の家には明日行くとして、今夜の宿が問題した。喧嘩中の有生の家に泊まるのはいかがなものかと悩み、スマホで空いている安いホテルを探した。

「慶ちゃん」

高速を降りて一般道を走っていると、急に有生の声が優しくなった。運転席を見ると、有生の不機嫌だった顔がふつうになっている。

「え？」

その変わりようにたじろいでいると、赤信号で車を停めて有生が微笑む。

「蹴ったりしてごめんね。君がつれないこと言うから、大人げなく腹を立てた。今夜はうちに泊まりなよ。うちならお金もかからないでしょ」

有生に、にこにこして言われ、慶次は疑いの眼差しになった。

「や、でもぉ……」

有生の家に泊めてもらえるのは金銭的に助かるが、けじめをつけるという意味ではよくない気がする。友達の家に泊まるのとはわけが違うのだ。

「遠慮しないで。一緒に仕事するんだものね。仲良くしないと」

有生は微笑みを絶やさず、カーブを曲がる。有生とは険悪な雰囲気になったが、慶次が悪かったと反省したように、有生も反省したのかもしれない。歩み寄ってくれる相手を疑うなんて意地が悪いと思い直し、慶次はぱっと目を輝かせた。

「そ、そっかぁ？　じゃあ、お言葉に甘えて……」

「うん、甘えて」

車は赤坂《あかさか》にあるタワーマンションの駐車場に入っていく。有生はこのマンションの二十三階に家を持っている。久しぶりにお邪魔すると、緋袴の女性が部屋を片づけていた。細面《ほそおもて》の綺麗な女性だが、尻尾があったので有生の眷属に仕えている狐だと分かった。４ＬＤＫの広い部屋にはリビングにL字型の大きなソファとテーブル、寝室にベッドと間接照明しかない。相変わらず殺風景だ。テーブルには夕食らしきものが並んでいたのだが、狐が用意したのか豆腐や油揚げを使った料理ばかりだった。

「お邪魔します。あ、俺、今夜はソファで寝るから」

持っていたバッグを部屋の隅に置いて慶次は言う。有生は車のキーをキッチンカウンターに置くと、張りついた笑みのまま慶次に近づいてきた。

「慶ちゃん」

呼ばれて顔を上げると、壁に追い詰められる。有生は長い腕で慶次を壁に縫い止めた。そしてそっと顔を寄せて、じっと目を見つめてくる。どきりとして慶次が固まると、有生が薄い唇を開いた。

「俺、慶ちゃんのこと好きだよ」

突然甘い言葉を囁かれて、慶次は目が点になった。

「は？　え？」

意味が分からず面食らっていると、有生の手が慶次の頬を優しく撫でる。今、好きと言ったのか？　俺を？

「慶ちゃんのこと、愛してるんだよ」

続けて耳元で潜《ひそ》めた声がして、慶次は唖然《あぜん》として有生を凝視した。すると有生の唇が近づいてきて、慶次の唇に重なってこようとする。固まっていた慶次はハッとして、有生の胸板を押し返した。

「こ、こら！　そういうことしないって言ってるだろ！」

真っ赤になって有生を突き飛ばすと、慶次は息を荒らげて脇に退いた。

「お、俺は悪いけどお前のことは」

「——は？」

有生からの愛の告白を断ろうとすると、それを遮るように再び不機嫌そうな有生の声が耳に飛び込んできた。有生はそれまでの甘い微笑みをがらりと変え、冷たい眼差しを慶次に浴びせる。

「好きとか言えば、やらせてくれるんでしょ。なんなの、君」

開いた口がふさがらず、慶次は言葉を失った。まさか、急に優しくなった理由とは……。

「人が演技してやってんのに、拒否するとか、ありえないんだけど。大人しく、股開けよ」

打って変わってどすの利《き》いた声で脅され、慶次は拳《こぶし》を握った。

「あ、アホか！　お前こそ、嘘つくんじゃねーよ！　おかしいと思ったんだよ、急に優しくなって！　大体、俺がいつ好きとか言えばやらせてやるって言ったんだよ!?」

「言ったじゃない。そういうんじゃなきゃ、セックスなんてしないって」

「違うし！　ってか、俺が言いたかったのは、そういうのは恋人同士でやるもんだろってことだよ！」

有生と言い合いになり、慶次はほとほと疲れてきた。有生の言葉の変換が慶次には理解できない。慶次とセックスがしたいというのだけはよく分かったが、その関係について慶次が言っていることをぜんぜん分かってくれないのが腹立たしい。小学生の子どもも相手でも、もう少し意思の疎通ができるはずだ。

「じゃ、恋人になろう」

有生がさらにとんでもない発言をしてきた。

「お、俺とお前が？　ない、絶対ない、俺の理想は可愛くて優しくて俺より背の低い女の子だ！」

このままでは有生のペースに巻き込まれてしまいそうで、慶次は反射的に言い返した。有生が馬鹿にした笑いを浮かべる。

「つまんねー理想。俺だって理想は君とは真逆だよ。そこを我慢して恋人になろうって言ってるのに、何が不満？　大体、俺に抱かれてアンアン言ってただろ。あんなに気持ちよくなれるのに、どうしてそんな嫌がるの」

有生に耳まで赤くなるようなことを言われ、慶次はソファにあったクッションを有生に向かって投げつけた。

「あれはしょうがなくだろ！　兄貴を助けてもらった礼であって、俺の望みじゃない！」

嚙み合わない有生と話し合うのを放棄し、慶次はクッションを次々と投げつけた。有生はそれをひょいひょいと受け取り、慶次に放り返してくる。

「大体、お前こそなんで、そんなに俺とヤりたがるんだよ！」

自分の攻撃が有生に当たらず、腹を立てて慶次は地団太《じだんだ》を踏んだ。戻ってきたクッションを、力の限り放る。

「え」

ふっと有生の声が低くなり、慶次の投げたクッションが有生の顔に当たった。有生は何故かぽかんとした顔をしていて、クッションが当たったことにも気づいていないようだった。

「なんで……？　そういや、なんでだろ」

有生は困惑したように動きを止めている。さんざんセックスしたいと言っていたわりに、何故やりたいかについてはぜんぜん考えていなかったのだろう。有生にしては珍しく間抜《まぬ》けな面をさらしている。永遠に続くかと思われた有生との口論は、緋袴の狐によって止められた。

「お食事が冷めてしまいます。お二人とも、どうぞ」

冷静な声で促され、慶次はとりあえず怒りを治めた。有生と言い争いをしても無駄だ。この男には常識が通じないのだ。慶次の言っている言葉の意味が、一生理解できないに違いない。

『ご主人たまー、どうして喧嘩するんですか？　前はあんなにラブラブだったのに』

慶次の中にいる子狸は、あどけない顔で聞いてくる。通じない相手はここにもいた。有生とラブラブだったことなど一度もない。

慶次はテーブルの上に並べられた稲荷寿司を一つ口にした。有生は気に喰わないが、油揚げは味が沁み込んでいて美味しかった。今夜はどこに泊まろうと頭の隅で考えつつ、慶次は咀嚼《そしゃく》した。

■3　初仕事

結局、昨夜、慶次は有生のマンションに泊まった。といっても慶次はリビングのソファで寝たので、おかしなことにはならなかった。有生は『何故慶次とセックスしたいか』と問われてから、口数が減り、考え込んでいる様子だ。

慶次は自分が鈍《にぶ》いことを自覚している。恋愛経験もないし、討魔師になるまであらゆる性的な欲求を抑え込んできたので、その方面にはからきし弱い。けれど、そんな慶次にも、有生が自分を好いているのは分かる。他の人は拒絶する有生が、自分のことだけ特別扱いをするからだ。

慶次からすれば、有生の気持ちは明らかだが、有生自身はそのことを認めようとしない。おそらくこんなちんちくりんのお子ちゃまに恋をするなんて、有生の常識からはありえないことなのだろう。

（ホント、有生ってずれてんだよなぁ）

四つ年上なのに、有生は自分より子どもっぽい面がある。幼い頃から眷属の白狐を憑けるくらい霊力が高かったせいで、ふつうの子どもと接してこなかったのではないか。あの性格で友達がいるとも思えないし、兄弟とも仲が良さそうには見えなかった。

有生とは妙な雰囲気になったが、慶次の目的はあくまで仕事だ。討魔師として初の仕事をきちんと終えるというのが目標だ。

翌朝、みそ汁の匂いで目覚めると、女性の姿をした狐が朝食を作っていた。仕事なので今日はワイシャツを着て、一張羅のスーツに着替えた。有生は朝からシャワーを浴びたらしく、バスローブに濡れた髪のまま、キッチンカウンターに座る。

「おはよう」

慶次が声をかけると、有生は頬杖を突いたままこちらを見ようともしない。しつこく誘われるよりいいが、大人げない態度にムッとした。

朝食は白飯に煮物、油揚げの入ったみそ汁だ。昨夜から肉や魚がまったく出てこない。もくもくと食事をしていると、慶次の中から子狸がぽんと出てきた。

『ご主人たまー、とうとう初仕事ですね！　応援しますっ』

子狸は宙に浮いた状態で、嬉しそうに腹をぽんぽこ叩いている。慶次が照れて礼を言おうとすると、有生が「うるさい」と何か白い玉のようなものを子狸に投げた。それは子狸の頭に当たり、『ぎゃうん！』と叫ぶなり子狸は消えてしまった。

「有生！　子狸に当たるんじゃねーよ！」

子狸は慶次の中に戻っている。有生が何を投げたのか謎だが、子狸が痛みを感じるようなものだというのは分かった。有生は慶次を無視してみそ汁をすすっている。

最悪な雰囲気の中、慶次たちは出発した。

有生はスーツに着替え、見た目はすれ違う人が振り返るくらいかっこいい。ナビに目的地の住所を入れて、有生の車で出かけた。不機嫌極まりない有生だが、慶次を置いていったりしないのは助かる。

依頼があったのはさいたま市にある大きな一軒家だった。あらかじめ指定されたガレージに車を駐めてチャイムを鳴らすと、奥からこの家の主らしき中年男性が出てきた。

「遅くなりまして申し訳ありません。弐式です」

有生はそれまでのむっつりした態度を引っ込めて、凛《りん》とした佇《たたず》まいで挨拶する。きちんとした態度の有生は別人みたいで、慶次はどぎまぎしつつ、自分も頭を下げた。

「山科です！　今日はよろしくお願いします」

慶次たちを見て、中年男性がホッとしたように表情を弛《ゆる》める。

「篠原です。お待ちしておりました。どうぞ、中へ」

近所を気にするように、篠原が玄関のドアを細く開ける。中に入ろうとした慶次は、奥から「きえええ、きえええええ」という奇妙な声が聞こえて、つい足を止めてしまった。声は階段の上から聞こえてくる。

「今もあの調子なんです。どうか、あの子を助けて下さい」

急いでドアを閉めると、篠原はすがるような眼差しで慶次たちに言った。

「お待ちしてました、よろしくお願いします！」

廊下の奥からやつれた顔の中年女性が出てきて、ぺこぺことお辞儀《じぎ》した。篠原の妻だろう。夫婦と一人娘の三人家族ということだった。

「さっそくですが、見せていただけますか」

有生はお茶を出そうとする篠原の妻を止め、階段を見上げた。篠原が黙って頷き、階段を上がっていく。慶次たちはその後をついていった。玄関の前にある階段を上がると、部屋が三つほどあった。奇声は奥の部屋から絶えず聞こえてくる。

「どうぞ」

奥の部屋のドアノブを握った篠原は、大きく深呼吸してドアを開けた。

部屋は薄暗かった。まだ昼時なのに、カーテンを閉め切っているせいだろうか。有生が平然と中に入ったので慶次も一緒に入ったのだが、思わず引き返したくなる惨状《さんじょう》だった。

八畳程度のフローリングの部屋は、めちゃくちゃだった。ベッドシーツは切り裂かれ、部屋中ゴミだらけだった。机の上の物は全部ぐちゃぐちゃになり、椅子は転がっている。クローゼットの服が散乱している状態だ。そして一番驚いたのが、ベッドのフレームにパジャマ姿の若い女性が手錠でくくりつけられていたことだ。

「何しに来た、わしの縄張りに入るとは、生かして帰さんからな！　わしを誰だと思うておる、このような仕打ちをして、ただで済むと思うなよ！」

女性の口から、しわがれた声が飛び出た。女性はこの家の一人娘の亜里沙《ありさ》だろう。長い髪を振り乱し、らんらんと光る目で慶次たちを睨みつけてくる。その顔は醜悪《しゅうあく》に歪み、ベッドにうずくまる姿はふつうじゃない。ここから逃げ出そうとしたのか、細い手首は真っ赤になって、無数の傷になっている。

「暴れ回るので、仕方なく縛ったんです。時々理性が戻ることもあったんですが、ここ数日本当にひどくなって……、お願いします、元の亜里沙にして下さい！」

篠原の妻が泣きながら膝を折る。亜里沙は訳の分からない言葉を繰り返し、ベッドを揺らすくらい暴れている。

「分かりました。お二人は外へ」

有生は亜里沙から目を離さず、篠原たちを追いやるしぐさをする。お願いしますと何度も頭を下げ、夫婦が部屋を出て行った。有生に顎をしゃくられ、慶次は急いでドアを閉めた。

「このうつけ者がぁ!!　とっととここから出て行けぇえ!!」

亜里沙は涎《よだれ》を垂らしながら叫んでいる。慶次はすっかり亜里沙の狂気じみた態度に呑まれ、ドアに張りついていた。

「何、びびってんの。仕事だろ、ほらやれば」

有生がちらりと慶次を見て言う。

「え、あ、はい。って、どうすりゃ……」

頷いたものの、初仕事でどうすればいいかさっぱり分からない。

「慶ちゃんには何が見えてんの」

有生は足元に溜まったゴミを端っこに蹴っている。このゴミが溜まった部屋が嫌なのか、鼻を覆っている。

「えっとー、この人の右肩辺りに黒いもやもやが……」

慶次の目には女性と重なるように黒いもやもやがあることしか視えない。眷属を憑けた身なのに、慶次には悪霊がよく視えないのだ。

「子狸に聞けよ」

有生はあくまで慶次にやらせるつもりなのか、足元のゴミばかり気にしている。そういえば有生はわりと潔癖症なのだ。

「子狸、どうすりゃいい？」

慶次は緊張して子狸に聞いた。

『下級の狐が憑いてますぅ。おいらの武器じゃ、祓《はら》えるかどうか……、多分十本くらい刺せば、なんとか……。説得は無理ですぅ』

子狸は自信なさそうに言う。亜里沙に憑いた狐は、説得しても祓えないという。そうなれば、眷属から武器を借りて、強制排除とする。慶次は左目のコンタクトを外した。慶次は左目だけ異様に視力が悪い。けれど左目なら、悪霊の核となる部分が視えるのだ。

――悪霊の上のほうに、赤い珠《たま》が視える。ここを刺せば、倒せる。

慶次は大きく深呼吸すると、顔を引き締めた。

「待針《まちばり》、武器をくれ」

慶次の眷属である子狸の真名《まな》は待針。真名を呼んで武器をもらい、それで悪霊を討つのだ。慶次の呼びかけに子狸がぽんと具現化した。その子狸の腹に手を突っ込むと、数本の待ち針が出てくる。十本くらい刺せば倒せるというので、まず一本を握った。すばやく次々と刺さねばならない。

「行くぞ！」

慶次は声高らかにベッドに飛び乗ると、待ち針で悪霊の核の部分を刺した。

「貴様《きさま》ぁあああ！」

武器で刺したとたん、亜里沙が激しく暴れ出し、慶次の顎に拳がヒットした。女性ながら狐が憑いた状態の亜里沙は怪力で、慶次はベッドの上に引っくり返ってしまった。まさか若い女性が拳で殴るなんて思ってもみなかったのだ。

『ご主人たまー!!　一本ずつじゃなく、十本まとめて刺してくださぁい!!』

子狸が仰天して叫ぶ。まさにケアレスミスだ。焦《あせ》って残りの九本を刺そうとしたが、亜里沙の動きが激しすぎてまったく刺せない。子狸が焦って走り回る中、亜里沙がのしかかって慶次の首を絞めてきた。

「ぐぐ……」

抵抗が遅れて、息苦しさにパニックになる。すると、いきなり部屋の中に神気が満ちた。まばゆい光が差し込み、慶次の首を絞めていた亜里沙がおののくように身を縮める。光は有生の眷属である白狐のものだった。

「あーもう……うっぜ」

有生がぼそりと呟き、白狐の腹から剣を抜き出す。有生は息をつく間もなく、その剣で亜里沙の右肩を切り倒した。

「ぎゃあああああ！」

亜里沙の恐ろしい悲鳴が部屋中に響き、憑いていた狐が一瞬にして消え去る。有生の剣の威力はすさまじく、悪霊と化した狐は一振りで滅ぼされたのだ。

「だ、大丈夫ですか!!」

篠原夫妻が悲鳴を聞きつけてドアを叩いている。亜里沙はばたりとベッドに倒れ、ぴくりともしなくなった。慶次は慌てて起き上がり、亜里沙を抱き起こす。

『ふわぁー、やっぱり白狐の力はすごいですぅ』

子狸は安心したように慶次の中に戻り、吐息をこぼしている。有生が剣を収めると、白狐はふっと姿を消した。

「ん……う……」

慶次が軽く頬を叩くと、亜里沙の目が重そうに開いた。自分の置かれた状況が分からないらしく、ぼうっとした表情で慶次を見上げる。

「大丈夫ですか？　分かります？」

慶次が声をかけると亜里沙はようやく意識がはっきりとして、唸《うな》り声を上げながら頭を振った。

亜里沙は部屋を見渡し、自分の手首にかけられている手錠を見て、わなわなと震える。

「わ、私、何を……、あ、あ……」

どうやらもう大丈夫のようだ。慶次はホッとしてドアを開けに行った。夫妻が呆然《ぼうぜん》としている亜里沙に駆け寄る。

「よかった、よかった、戻ったんだな！」

「亜里沙、よかったわぁ」

夫妻は理性のある目つきになった亜里沙を抱き締め、涙を流す。

「お父さん、お母さん……、私、私……自分の身体なのに、自分でコントロールできなくて、ごめんなさい、ごめんなさい」

亜里沙はおかしくなっていた間のことは覚えているようで、涙ながらに夫妻に謝っている。

「手錠を外しても大丈夫です」

有生がそう言うと、篠原が急いで手錠を外した。

「ありがとうございます、おかげで娘が戻ってきました！」

篠原は有生の手を握り、顔をほころばせている。慶次もたくさん礼を言われたが、ほとんど役に立たなかったのでしどろもどろになった。

少し落ち着けば話ができるというので、慶次たちは一階のリビングに移動してソファでお茶を飲んで待った。三十分ほどして身綺麗になった亜里沙が両親と一緒にリビングに降りてくる。

先ほどまでお化けのようだった亜里沙は、すっかり若くて綺麗な女性に戻っていた。狐が憑いただけであんなに怖くなるなんて、恐ろしい。

「お世話になりました。本当にありがとうございます」

亜里沙は改めて礼を言った。きらきらしたその瞳はもちろん有生に向けられている。

「何故こんなことになったか、お心当たりは？」

有生は事務的に質問する。篠原夫妻と亜里沙は向かいのソファで顔を見合わせる。

「実は……、中学校の時の友達と夜中騒いでて……お酒が入ってたのもあって、神社に入り込んで悪さしちゃったんです。きっとあの稲荷神社が悪かったんだわ」

亜里沙は思い出すのも恐ろしいという感じで震えている。

「悪さって？」

慶次は首をかしげて聞いた。

「仲間の男の子が煙草吸ったり鳥居に落書きしたり……、肝試し、みたいな感じになっちゃって……その四日後くらいかな、無性に稲荷寿司が食べたくなって止まらなくて、酒も吐くまで飲まなきゃ駄目で、私、何かおかしいって。怖くて、変な言葉とか口から出てくるし……。でもあの、落書きはちゃんと消しといたんですよ！　祟《たた》りが怖いって咲良《さくら》が言うから」

亜里沙の話を聞いていると、自業自得という言葉が浮かんでくる。神社でそんな悪さをしたら罰が当たっても仕方ない。稲荷の報復だろうか？

「そうですか。では今後そういう真似はなさらないように」

有生は冷たい眼差しで亜里沙を見て、腰を浮かせた。気のせいか有生が怒っているように見える。

「待って下さい、あの、私の友達も視てもらえませんか!?　きっと同じようにおかしくなってると思うんです！」

帰ろうとする有生を、亜里沙が引き止める。亜里沙の話を聞く限り、同じように不敬を働いた友達も危険な気がする。

「依頼はそちらのお嬢さんだけですので」

有生は冷ややかな目つきでそう言うと、さっさと玄関に向かう。慌てたように篠原夫妻が追いかけていく。慶次も帰ろうとしたが、それよりも早く亜里沙が手を握ってきた。

「待って、視るだけでもいいから、お願いします！　うちみたいにお金がある家ばっかりじゃないの」

亜里沙に切実な眼差しで言われ、慶次は動揺した。若い女性の柔らかな手にドキドキする。慶次より三、四歳上だと思うが、亜里沙は綺麗な子だ。

「お願い。お願いします」

ウルウルした目で頼まれ、慶次はその手を振りほどけなくなった。困っている人を助けることが慶次は使命だと思っている。その人を見捨てていくことなんてできない。

「じゃ、じゃあ視るだけでいいなら……」

つい亜里沙の目に負けて、慶次は頷いてしまった。決して若い女性の色香に惑わされたわけではない——と思う。

「ありがとう！　ありがとう！」

亜里沙に両手を強く握られ、慶次は心もち赤くなった。

ひとまず有生に話そうと玄関を出ると、有生が運転席でイライラしたような顔で待っている。早く乗れというので、助手席に乗り込んだ。

「有生、亜里沙さんの友達も確認しておこうよ。もしかしたら亜里沙さんみたいになってるかもしれないし」

有生は急発進で車を出す。こんな住宅が密集している場所で、スピードを出しすぎだ。慶次は慌ててシートベルトを締めた。

「はぁ？　冗談でしょ。依頼は終わったよ。帰る」

有生は低い声でアクセルを踏む。

「いや、俺、明日亜里沙さんと会う約束しちゃったし」

慶次が言うと、有生が急ブレーキを踏んだ。シートベルトをしていなかったら、頭を打ちつけていたところだ。

「あっぶない、なぁ……」

「降りて」

ハンドルに腕をかけ、有生が呟く。え、と答える前に、有生が慶次のシートベルトを外した。

「とっとと降りろって言ってんの。さよなら」

怖いくらい冷たい目で見られ、慶次はびっくりして固まった。やっぱり有生は怒っている。勝手に依頼を受けたのが腹立たしいのだろうか。一応確認したいだけだというのに。

半ば、放り出される形で慶次は車を降りた。車は慶次という荷物を捨てると、身軽になったように走り去った。途中で停まる様子もない。

「嘘……」

有生に放置された。慶次は呆然として道路に立ち尽くすしかなかった。

右も左も分からない場所で車から降ろされたのは手痛い仕打ちだった。道案内ができる子狸がいたから駅までは行けたが、そこから有生のマンションの近くの駅まで行くのが大変だった。線が多すぎて、どれに乗ればいいかさっぱり分からず、なんとかマンションに辿り着いた頃には三時間くらい経っていた。

「有生、いんのかな……」

エントランスで有生のマンションの部屋番号を押してみたが、応答はなかった。有生のマンションに荷物を置きっぱなしだ。困り果てていると、何故か自動ドアが開き、中に入れた。

有生の部屋に行くと、緋袴を着た女性が待っていた。

「お荷物を用意しておきました」

女性の姿をした狐は、玄関口で慶次のバッグを差し出す。有生にさよならと言われた以上、ここにいられないことは分かっていたが、有生がどうしたか気になった。

「あのさ、有生、帰ってきた？　マジで高知に帰っちゃったのかな？」

慶次がおそるおそる聞くと、女性の姿をした狐は能面のような顔で慶次を見つめる。

「有生様は寝ております。慶次様が来たら追い返すようにと言《こと》づかっております」

どうやら有生はふて寝をしているらしい。有生との喧嘩は今に始まったことではないが、今日のはいつもと少し違う感じで気になった。とはいえ、謝る理由は一つも見当たらない。慶次は狐に礼を言って、マンションを後にした。

有生はどうしてあんなに怒ったのだろう。依頼は確かに終わったが、亜里沙の友達が大丈夫かどうか確認するくらい、いいと思うのだが。それにもし亜里沙のような状態になっていたら、新たに依頼をしてもらえる可能性だってある。

もやもやした気分のまま、慶次はスマホで今夜泊まるホテルを探した。安いビジネスホテルを見つけ、予約をする。明日、一人で亜里沙と会うのは少し不安だ。確認するだけといっても、慶次は悪霊を見分ける力はない。子狸の目に期待するばかりだ。慶次の手に負えなければ、巫女様にどうすればいいかお伺いを立てればいい。

駅のホームからスマホで巫女様に連絡を取ると、明るい声が返ってきた。

『依頼主から礼を言われたぞ。初仕事、ご苦労さん。どうじゃった？』

篠原は弐式家にお礼の電話を入れたようだ。慶次は素直に自分は首を絞められて大変だったこと、有生がさくっと片付けてくれたことを報告した。待ち針を十本まとめて刺すという発想がなかったと言うと、巫女様は笑っている。

『次からがんばれよ』

説教されるかと思ったが、初仕事なので許してもらえた。慶次が失敗することを分かっていて、有生と組ませたのかもしれない。

依頼人の友人に関する話をすると、巫女様は少し考え込んでいた。

『確認だけにとどめておけよ。お前も一人前の討魔師なら、無償で仕事をするでない。現状を見極め、浄霊が必要なら依頼するよう進言せよ。もし断るのなら、それまでよ。情にほだされて、うかうかと手を出すでないぞ』

巫女様はしつこく慶次に言い聞かせる。慶次も神妙な顔で頷いた。

どっちみち、今日の仕事ぶりを鑑《かんが》みれば、一人で悪霊を祓うのはまだ早い。やる気と根性はある慶次だが、無謀《むぼう》な行為は自分のみならず相手も苦しめると分かっている。

気を引き締めていこうと慶次は自分の両頬をぴしゃりと叩いた。

翌日は亜里沙と大宮《おおみや》駅で待ち合わせした。大きな駅で、人でごった返していて、歩くのが大変だった。春休みシーズンのせいか、若い男女が多い。童顔の慶次はスーツを着ていると、いかにも着慣れていないのが分かる。ショーウインドウの前でネクタイを締め直したりしているうちに、待ち合わせの時間ぎりぎりになってしまった。

「山科さん」

亜里沙は春らしいワンピース姿で慶次を出迎えた。昨日の恐ろしい形相《ぎょうそう》が嘘のように、にこにこして可愛らしい。亜里沙は周囲を見回し、首をかしげた。

「あの、弐式さんは？」

亜里沙は有生も来ると思ったらしい。

「あ、いや、有生は……弐式さんは別の用事があって。今日は俺だけなんです。確認だけですから」

慶次は言葉を選んで言った。亜里沙はあからさまにがっかりした様子だ。やけにおしゃれだと思ったら、目的はそれか。有生の本性を知らないから、見た目のイケメンぶりに惑わされているのだろう。

「残念だな。昨日のお礼を言いたかったのに……。じゃ、行きましょうか」

亜里沙は繁華街に向かって歩き出した。

「昨日もお話ししましたけど、神社で悪さしたのは全部で五人なんです。全員と連絡取ってみたら、中の一人……一番悪さした男の子がおかしくなっているみたいで。でも他の子も、ぜひ山科さんに視てほしいって。そのおかしくなった子の家の前で待ち合わせしてます」

亜里沙の話によると、主犯格の男の子は亜里沙と同じ状態になっているらしく、電話に出た母親からすがりつかれたそうだ。亜里沙と同じく狐が憑いていたら、とても慶次の手に負える代物《しろもの》ではない。

内心恐々としながら、慶次は駅から少し離れた場所にある七階建てのマンションに向かった。マンションの前が小さな公園になっていて、亜里沙の友達はそこで待っていた。

「はじめまして」

ショートカットの女の子が美羽《みわ》、たれ目の女の子が咲良、茶髪の男の子が亮平《りょうへい》だ。亜里沙から慶次を紹介されて、三人とも興味津々で挨拶する。自分に悪霊が憑いてないか視てくれと言われたが、特に問題はなかった。むやみやたらと怯えないようにと説き、気になるようだったら酒風呂か塩風呂に入れとアドバイスをした。

「よかったぁ、じゃ、達也《たつや》の家に行きましょう」

亜里沙はホッとした様子でマンションに入っていく。亜里沙の友達三人は、怖いので遠慮すると公園で待つことになった。慶次は亜里沙と共に、三階にある西宮《にしみや》達也の家の玄関前に立った。亜里沙がチャイムを鳴らすと、奥からばたばたと音がする。

「はい……、ああ、亜里沙ちゃん」

玄関のドアを開けたのは、神経質そうな中年女性だった。亜里沙の顔を見るなり、目を潤ませている。

「おばさん、達也の様子は……？」

亜里沙は窺うように廊下の奥を覗く。

「もう三日くらいドアを開けてくれないの。ごはんは食べているようなんだけど……、そちらの方が？　若いようだけど……」

中年女性——達也の母親は不安げな目つきで慶次を見る。亜里沙がどう説明したか分からないが、年取ったいかにも霊能力者的な人物が来るのを想像していたのだろう。

「この人は山科さんよ。大丈夫、私もすごいヤバかったけど、今はこんなにすっきりしたから」

亜里沙は力づけるように言う。

「そうなの……。あの、ぜひお願いします。なんとかしてやって下さい、あの子一週間くらい前から本当に変なんです。怖くて、どうすればいいか分からない。旦那は北海道だし、頼れる人もいないし、なんであたしばっかりこんな目に……。あの子いつも問題ばかり起こして、本当にいつもいつも……」

達也の母親は言い始めたら愚痴《ぐち》が止まらなくなり、涙ながらにまくし立ててくる。慶次は愛想笑いを浮かべ、出されたスリッパを履いた。廊下の奥からなんだか得体の知れない気持ち悪い空気が流れてくる。

『ご主人たま……、おいら、入りたくないです』

廊下を歩き始めた慶次に子狸が気弱な声で言ってくる。慶次も行きたくないが、ここまで来て帰るわけにはいかない。まずは状況を把握せねば。

「あの、とりあえず今日はどういった状況かだけ見せて下さい」

まだ愚痴を言い続けている達也の母親に、慶次は声をかけた。達也の母親は物足りなそうな顔で廊下の突き当たりにある部屋へ誘導する。

「鍵はかかってないんで……」

ドアの前で達也の母親が呟く。達也の母親は入る気はないようだ。亜里沙も慶次の後ろで見守っている。慶次は深呼吸してドアノブに手をかけた。

「じゃ、失礼します」

慶次は意を決してドアを開け、中に入った。

部屋は六畳の畳部屋だった。昨日の亜里沙の部屋もひどかったが、今日の達也の部屋もかなりのものだ。床は湿っていて、ゴミも散らかり放題、何か腐っているのか、鼻にツンとくる臭いもした。壁には達也の物と思われるギターらしきものがあるのだが、弦が全部切れている。そしてこの部屋の住人である達也は、姿が見えなかった。

「あの、達也さんは……」

廊下にいる達也の母親に聞こうとして、慶次は音に気づいた。押し入れからかさかさと音がする。どうやら達也は押し入れに隠れているらしい。

「達也さん、開けるよ」

慶次は先に声をかけ、押し入れをそっと開けた。とたんに目の前に黒いものが飛んできて、びっくりして引っくり返った。

『ご主人たまー!!』

慌てて起き上がって、頬を押さえる。頬がじんじんして痛い。頬を押さえていた手を見て目を見開いた。血がべっとりついている。

「来るな……来るな……来るな……」

押し入れは真っ暗で、達也の私物がたくさん詰め込まれていた。達也は膝を抱え、げっそりした表情で震えている。畳に壊れた黒い瀬戸物が落ちていて、それを投げつけられたのだと分かった。慶次は落ち着こうと必死になり、ハンカチで頬を押さえた。

「子狸、どうなってるか分かるか？」

腹の中で『ひー！　ひー！』と暴れまわっている子狸に聞くと、泣きそうなウルウルした目で子狸が慶次を見る。

『悪霊が憑いてますぅ。でもそれだけじゃなくて……、き、き、気持ち悪いですぅ、触りたくないですぅ!!』

子狸は要領を得ないことを叫んでいる。悪霊が憑いているのは確かだが、それ以外にも何かありそうだ。達也をよく見ると、頬がこけるくらい痩《や》せているのに、腹だけ異様に膨《ふく》らんでいる。表現は悪いが、餓鬼《がき》のようだ。

「分かった。じゃ、いったん引こう」

慶次は無理をするのはやめて、部屋から出て行った。出てきた慶次を見て、亜里沙も達也の母親も真っ青になっている。

「や、山科さん！　その怪我……っ」

ちょっと頬を切った、と言おうとして、押さえているハンカチが血でべっとりしていることに気づいた。思ったよりも深く切っているようだ。

「な、なんてことを……、私のせいじゃないですよ、私のせいじゃ……」

達也の母親は言い訳がましく身を引く。ハンカチを取ったせいで、廊下に血がぼたぼたと落ちた。亜里沙に病院に行ったほうがいいと言われ、慶次は素直に従うことにした。我慢強い慶次だが、頬の痛みは増すばかりだ。

だがその前に、達也の母親に話しておかねばならない。

「あの、達也君の状態、かなりよくないので、除霊を依頼して下さい。こちらに連絡すれば詳しい説明がありますので」

持ってきた名刺を母親に渡して、簡単に説明する。名刺には弐式家の連絡先が書いてある。達也の母親は名刺よりも慶次の怪我のほうが心配らしく、顔が引き攣っている。

「山科さん、早く！」

亜里沙は近くにある病院を紹介すると言って慶次を引っ張る。どうして有生みたいにスマートにできないんだろうとため息を吐きつつ、慶次は病院へ向かった。


病院に行くと、五針を縫う怪我だった。問題は治療費だ。怪我をするとは思わなかったので、保険証を忘れてしまった。治療費を払う段階になって全額自己負担と言われて固まった。

今回あまりお金を持ってきていない。ホテルの清算は済ませているが、帰りの新幹線代と電車代を考えると微妙だ。経費に関しては後から請求するシステムなので、非常にまずい。ここは下げたくない頭を下げるしかないと割り切って、有生に電話した。意外にも、有生は車を飛ばしてやってきてくれた。

「マジ助かる。いいところあるじゃん。このお金は必ず返すから。あとで手続きすれば返ってくるって言ってるし」

病院の待合室で有生と会うと、慶次は感激して両手を合わせた。有生は怖い顔で慶次を見下ろし、無言で会計を済ませる。病院を紹介してくれた亜里沙は待たせるのが悪いので治療を終えた後帰ってもらった。有生が来るなら、待たせてもよかったかもしれない。

「君の馬鹿さ加減に呆れるんだけど」

慶次の怪我した頬を見て、有生が低い声で呟く。

「不可抗力だったんだよ。押し入れ開けたら投げつけてきて」

避けられなかった鈍さを責められているのかと思い、慶次は口を尖らせた。有生はこめかみを引き攣らせ、じろりと慶次を睨む。

有生に手を摑まれ、慶次は病院を出た。駐車場に駐めてあった車に乗れというので、ありがたく乗り込む。

「依頼は終わったんだし、帰ればよかっただろ。能力もないくせにしゃしゃり出るからそうなる。

仕事のこと甘く見てんじゃないの」

エンジンをかけながら、有生は尖った声で言う。

「そういうわけじゃねーよ。俺だって祓うつもりなんかなかったし、ちょっと確認するだけと思って、運が悪かったたっつーか……」

ムッとして慶次が言い返すと、有生がこれ見よがしのため息を吐いた。説教されると覚悟したが、有生は黙って車を出す。

高速に乗ったので、てっきり高知に帰るのだと思っていた。ところが車で七時間かけて着いたのは、慶次の家だった。まさか送ってもらえるとは驚きだ。それまで居心地が悪かった慶次は、すっかり気をよくして有生に礼を言った。

「ありがとな、送ってくれて。ちょっと待ってて、立て替えてもらったお金持ってくるから！」

家の前の道路に横づけされた車から降りて、慶次は急いで家に駆け込んだ。夜十一時を回っていたので、父も母も寝る準備をしていたところだ。事情を話してお金を借りると、慶次は車で待っている有生の下に駆けつけた。

「ほんとーにありがと！」

お金を差し出して慶次は笑顔になった。有生は口は悪いが根はいい奴だと考えを改めたくらいだ。

「——君さぁ、討魔師の仕事、やめたら」

お金を受け取った有生は、にこりともせず慶次を見る。予想外の言葉が飛び出てきて、慶次は笑顔のまま固まった。

「え……？」

「君だけでなく、その半人前の狸もね。討魔師がうっかり怪我をするなんて、聞いたことないよ。討魔師の身体は眷属によって守られている。運が悪かったとかいう問題じゃない。君も才能ないけど、子狸もダメダメ。とっとと神社に帰ったほうがいい」

有生の言葉は慶次の胸をぐさぐさ突き刺した。自分がひどくショックを受けているのに驚き、慶次は唇を噛んだ。胸が痛くて息ができなくなる。なんでこんなに有生の言葉が突き刺さるのだろうと考え、慶次だけでなく、慶次の中にいる子狸もショックを受けているのだと分かった。

『ご主人たま……』

すーっと慶次の中から子狸が出てくる。子狸は肩を落として、しょげている。まん丸の目が今にも泣きそうだ。

『有生たまの言う通りです……。おいら、ご主人たまを守らなきゃいけないのに……。半人前のおいらには修行が必要なんです。神社に帰りますです』

子狸がそのまま宙に溶けそうになり、慶次は驚愕してその尻尾を掴んだ。ふつうの人間なら掴めないだろうが、討魔師である慶次には子狸を捕まえることができた。

「待ってくれよ！　お前に見捨てられたら、俺はどうすりゃいいんだよ！　こんな奴の言うこと

聞かなくていい！　俺と一緒にがんばるって言っただろ!!」

子狸を落ち込ませた有生に腹が立ち、慶次はむきになって怒鳴った。子狸は目を潤ませて、『ご主人たま……』と慶次の胸に飛び込んでくる。慶次はしっかり子狸を抱き締めた。討魔師としてお互い半人前なのは分かっている。けれど何事も経験だ。ダメダメだからってここでやめたら、成長できない。慶次はキッと有生を睨んだ。

「俺は討魔師やめるつもりねーから!!」

宣言するように言うと、有生の目が細くなる。

「キモ」

有生は気色悪そうに眉を顰《ひそ》めると、急発進して去っていった。もっと言い返してやりたかったが、有生はとっくにいない。さっきまでいい奴かもと見直していた自分を取り消したい。

「お帰り、慶ちゃん」

家に戻ると、信長がまだ起きていて、慶次のために軽い夜食を作ってくれた。信長は料理が得意で、母よりよほど手の込んだ料理を披露する。最近漬物にはまっているのか、近所でも一目置かれるくらいの腕になっているようだ。

「ちょっと電話する」

信長の夜食を食べながら、巫女様に電話を入れた。あいにく巫女様は寝てしまったそうで、有生の兄の耀司が電話に出た。

「あの、視てみたんですけど、なんかやばいことになっていて」

慶次は達也の様子を説明しようとした。ところが耀司は説明されなくても慶次の意識から状況を読み取って、危険な状態だと判断した。

『依頼があるようなら、また君と有生に頼むかもしれない。君には重荷だろうが、有生がいればどうにかなるだろう。依頼が来たら、連絡する。とりあえず怪我を治しておきなさい』

耀司は相変わらず礼儀正しくて優しい。こんな下っ端の慶次まで労《いたわ》ってくれる。どうしてこんなに素晴らしい人の弟があんなにひねくれた嫌な奴なのだろう。

『一応、報告書は上げてくれ』

耀司はそう言って電話を切った。仕事を終えた後は、報告書を提出する義務がある。文章を書くのは苦手だが、これも仕事だ。

「頼もしいね」

耀司との電話を終えた慶次を見て、信長はにこにこしている。小さい頃からの憧れである討魔師になった慶次を、信長は応援してくれている。有生に言われたことはとても打ち明けられず、慶次は黙って夜食を頬張った。

■4　不穏な影

和歌山の実家に戻ってから一カ月が過ぎると、慶次の怪我もすっかりよくなった。今では頬の傷すら残っていない。本家から初仕事の報酬も振り込まれたし、自己負担していた保険の手続きも終えて親にお金も返せた。自分の通帳を見てニマニマする日々の中、慶次は西宮達也の家から依頼が来るのを待っていた。一カ月前であの状態なら、今はどうなっているのか。早く悪霊を祓って元の生活を取り戻させてやりたい。

そんなある日、慶次のスマホに亜里沙から電話があった。亜里沙は狐に憑かれていたのが嘘のように明るく日々を過ごしているらしい。怪我の具合も聞かれ、問題ないと慶次は答えた。

『こんなお願いして申し訳ないんだけど……』

亜里沙はそう前置きして、達也の様子がどんどんひどくなっていると慶次に泣きついた。亜里沙は達也の母親に依頼しろとしつこく言ったそうなのだが、お金がないと言って達也を放置しているらしい。

『このままじゃ達也、死んじゃうよ。見に行ったら、がりがりで……、部屋から連れ出そうとしてもすごい力で暴れるし……。山科さん、お願い。達也を助けて』

亜里沙は心配のあまり慶次に泣きついてきた。そんなことを言われても困る。

「でも俺は依頼がないと動けないし……」

『じゃあ、達也が死んでもいいって言うの!? 達也はそりゃ調子に乗って馬鹿することもあるけど、いいとこもあるんだよ！ 困ってるんだから助けてよ！』

亜里沙は逆切れしている。慶次は困り果てて頭を抱えた。助けてやりたいのは山々だが、慶次にはそんな力はない。

「ごめん。俺にはあんなすごいのを祓える力はないんだよ。有生なら……一緒にいた弐式ならできるんだけど。でも弐式は依頼がないと絶対動かないから」

慶次が電話口で謝ると、亜里沙はしくしく泣き始めてしまった。女の子に泣かれると弱い。どうすればいいか頭を巡らせ、いいことを思いついた。

「そうだ、悪さした神社に謝りに行ったらどうかな。誠心誠意謝れば、許してくれるんじゃ？あのおばさんもそれくらいならできるだろ？」

お金がないとごねる達也の母親も神社にお参りくらいできるはずだ。慶次は名案だと思ったが、亜里沙は不安そうだ。

『山科さん、一緒に来てくれませんか？』

すがるような声で頼まれ、慶次は悩んだ。神社についていくのは別に構わないが、問題は距離だ。和歌山から埼玉まで旅費もかかる。

『私、片道の交通費なら出せます！　うちに泊まれば無料だし、ごはんもお母さんに作ってもらいます！　お願いします！　お願いします！』

畳みかけるように言われ、慶次は断り切れなくて結局亜里沙の願いを聞く羽目になった。

気になっていたのも事実だ。神社についていくだけなら、協力しよう。そう腹をくくって、出かけることにした。


三日後には、慶次は大宮駅に立っていた。今回は仕事ではないので、Tシャツにカーディガン、ジーンズとラフな格好だ。

待ち合わせにやってきたのは、亜里沙とあの日会った三人の男女だ。神社に謝りに行くということで、他の友達もやってきたらしい。あの日以来、よくないことが続いていると心配している。気の持ちようで引き寄せる事象も違うので、彼らの心配は神社とは関係ないことだろうが、謝ってすっきりするのはいいことだ。

「達也、マジヤバいよなぁ」

五人でぞろぞろと達也のマンションに向かう道すがら、達也の親友という亮平はしきりに腕を掻いている。

「そうだ、皆、用意してくれた？」

慶次は四人を振り返って聞いた。神社にお詫びの品としてお供《そな》えする物を持ってくるよう頼んだのだ。咲良はお酒を一升瓶で持ってきたが、亮平と美羽は駅ビルで買った稲荷寿司が一パックずつだった。

『ご主人たま、この人たち、舐めてますね……。おいら、知りませんよぉ』

子狸は驚愕している。祟りが起こるくらいの悪さをして稲荷寿司一パックとは……。もっときちんと説明すればよかったと思ったが、ひょっとしてこれで怒りが治まるかもしれないので黙っておいた。もし駄目そうだったら、また持っていけばいいだろう。慶次はあくまで立ち会い人という立場なので、あまりあれこれ言いたくなかった。仕事なら二度手間になるような真似はしないのだが……。

「亜里沙ちゃん」

達也のマンションに着くと、近くを歩いていた男性が亜里沙に声をかけてきた。二十代半ばくらいのきりりとしたさわやかイケメンだ。グレーのジャケットを着て、すらりとした足には高そうな靴を履いている。

「あ、涼真《りょうま》さん」

亜里沙が笑顔になって挨拶する。涼真と呼ばれた青年は、慶次たちを見て微笑む。

「もしかして達也君のところに行くのかな？　実は僕もそうなんだ」

涼真はマンションのエントランスの扉を押し開けて言う。

「涼真さんは達也の家庭教師をしてた人なの。達也のこと心配してくれてるんだ」

亜里沙に紹介され、慶次たちはそれぞれ自己紹介した。

「君は……達也君の友達なの？　毛色が違うように見えるけど」

涼真は慶次を見て、不思議そうに首をひねった。

「ううん。山科さんは達也を助けるためにわざわざ和歌山から来てくれたのよ。霊を退治する仕事してるんだから」

「へぇ……」

亜里沙の説明に涼真は目を見開き、すっと背筋を伸ばした。

「そういうことなら、僕からもお願いします。達也君を助けてあげて下さい」

涼真は深々と頭を下げ、慶次の両手をぎゅっと握る。礼儀正しくていい人だ。慶次は自分が大した力もないことを恥ずかしく思い、「め、滅相《めっそう》もないです」と首を振った。

「私たち、これから神社に謝りに行こうと思って。達也が行けるならそれがいいらしいんだけど、駄目ならおばさんを誘おうって」

亜里沙はエレベーターに乗り込み、強い決意を滲《にじ》ませた。本人が謝るのがあくまで正しいが、近親者の謝罪も有効だ。なんとかしてあの愚痴っぽい母親を連れて行かねばならない。

「そうだね、それがいいよ」

涼真も賛成してくれる。

達也の家に着くと、チャイムを鳴らした。ややあって達也の母親が出てきて、疲れた面持ちを見せた。前回より肌はぼろぼろだし、髪も乱れている。こんな状態なのに、どうして依頼しないのか謎だ。そんなに霊能力者にお金を出すというのはハードルが高いのだろうか。

「おばさん、一緒に神社に謝りに行こう」

亜里沙は強い口調で達也の母親を説得する。達也は案の定、外に出られる状態にはないらしい。けれど母親は家に達也一人を残していくのも不安らしい。

「家に火をつけたりしないかしら？　無理やり風呂に入れた時は、下の階から水漏れの苦情が来たのよ。何をするか分からないから買い物にも行けやしない……」

達也の母親はしきりに奥の部屋を気にしている。

「お母さん、よかったら僕が達也君を見てますよ」

涼真が安心させるような笑顔で言い出した。涼真の一言で母親は重い腰を上げた。本音では家から離れたかったのかもしれない。

「そう？　それじゃお願いしようかしら……。待って、今お化粧してくるから」

母親は意を決して出かける準備を始めた。亜里沙と亮平たちもホッとして玄関前で待つ。

涼真に留守を頼み、慶次たちはマンションを後にした。近くの酒屋で達也の母親にお詫び代わりの一升瓶を買わせ、改めて亜里沙を窺う。

「ところで悪さした神社ってこの近くなのか？」

さいたま市にはたくさんの神社がある。そのどれだろうと慶次は頭を巡らせた。

「うん、近くだよ。ここ」

亜里沙がスマホで地図を見せる。

「えっ!?」

神社の名前を見て、慶次は引っくり返った声を上げた。ここだけはないだろうと除外していた大きな古社の名前だ。まさか、そんなたいそうなところに悪さをしたというのか。強大な力を持っていることは慶次たちの間でも有名で、悪さをするなんて考えも及ばない。

『ま、まさに、神をも恐れぬ所業ですぅ』

子狸もぶるぶる震えている。

一体どうなってしまうのだろうと嫌な予感がしたが、それは参道を歩き始めたとたんに起きた。

「え、何？」

二の鳥居をくぐった矢先、頭上に暗雲が立ち込め、雷がごろごろ鳴り始めたのだ。天気予報では雨マークなんてなかった。しかもどこからか強風が吹いてきて、亜里沙は目に砂が入ったと騒いでいる。

『ご、ご主人たまぁ……、う、上に……』

子狸が引き攣った声で上を視ろと言う。空を仰いだ慶次は、大きな黒龍が参道の上に居座っているのを視た。

「きゃぁ！　雨！」

咲良がびっくりして頭を抱える。雷の音が止んだと思ったのも束の間、土砂降りの雨が慶次たちに叩きつけられた。全身びっしょりになるほどの激しい雨だ。

「が、がんばって行くんだ！」

慶次は皆の背中を押して叫んだ。けれど亜里沙や咲良、亮平が進もうとするたび、業風と横殴りの雨が進むのを阻《はば》んできた。達也の母親はパンダみたいな顔になっている。

「ど、どうなってるの!?　山科さん！」

亜里沙に大声で聞かれ、慶次は唸《うな》り声を上げた。これ以上進むのは危険な気がする。風に煽《あお》られて空き缶まで飛んできた。このまま行ったら怪我をするかもしれない。

「すげー怒ってるよ。お前ら来るんじゃないって……」

必死に黒龍に向かって謝りに来たんですと言ってみたが、ぜんぜん話を聞いてくれない。

「や、やめようよ、もう。無理」

咲良はいち早く諦め、参道から逸れて路地に走っていった。咲良につられて、亜里沙も亮平も美羽も、達也の母親もほうほうのていで逃げ出す。

「し、信じらんねー……」

路地を歩き始めて数分すると、今までの雨が嘘のようにぴたりと止んだ。この奇怪な現象に亮平は腰を抜かしかけている。慶次もまさか謝罪さえ受けつけないとは思わなかったので、ショックだった。神仏にこんな目に遭《あ》わされたのは初めてだ。それだけのことを彼らはしてしまったらしい。

「まいった……」

ぐっしょり濡れたカーディガンをしぼって、慶次は肩を落とした。

分かりやすい怪奇現象を見せつけられたせいか、達也の母親は父親と相談して依頼すると言ってくれた。このままでは自分の身も危険だと心配になったのだろう。

慶次はひとまず亜里沙の家に落ち着き、濡れた衣服を洗濯してもらった。代わりに亜里沙の父親から借りたシャツとズボンを着て、もう一度先ほどの神社へ行く。

慶次一人で参道を歩くと、そよ風が吹き、蝶がひらひらと飛ぶ春のいい気候だ。やはり彼らに問題があるのだろう。参道には神気が満ちている。

三の鳥居をくぐって境内《けいだい》に入ると、摂社《せっしゃ》と末社《まっしゃ》がいくつかある。亜里沙の話では稲荷神社で悪さをしたようだから、稲荷神社に行ってみた。神池を見ながら左側に行くと、赤い鳥居がずらりと並んでいる場所があった。

赤い鳥居をくぐると、子狸が身を縮める。

『ひょわあああ、ご主人たまー、囲まれていますぅ』

子狸がそう言うのも無理はない。決して大きな末社ではないのだが、眷属の数も多く、かなりの力を持っているのが感じられた。眷属の狐が慶次たちをぐるりと取り囲んでいる。一見《いちげん》さんには厳しいのか、値踏みするような目つきだ。

緊張しながら拝殿に立つと、慶次は自己紹介して、亜里沙たちの話をした。悪さをしたが反省していること、謝りに来ようとしたけれど妨害に遭ってできなかったことを神様に伝える。

『眷属の狐が怒っておる』

白っぽい珠のようなものが浮かんで、声が聞こえてきた。きっとここの神様だろう。

『二度とここには、入れないと言うておる』

神様の言葉にがっくりきて、慶次は途方に暮れた。謝罪さえ受けつけてくれないとは、相当な怒りだ。こんな近くに大きな神社があるのに、彼らはこれから一生入れないのかと思うともったいない話だ。

慶次は仕方なく稲荷神社を出ようとした。すると先ほどまで厳しい目つきだった眷属の狐たちが柔らかい表情になっている。神様と話すことでこいつは安全だと分かったのか、すっかり警戒を解いたのだ。この稲荷神社に何度も参れば、彼らは親身になって助けてくれるに違いない。

（そうだよなぁ、人を助ける仕事してんだもんなぁ）

彼らは悪くない。けれど、どうすれば達也の状況を改善できるのだろう。

悩みつつ、慶次は神池にかかる橋を渡った。大きな鯉《こい》が気持ちよさそうに泳いでいる。楼門《ろうもん》をくぐり本殿に向かった。神気に満ちた場所だ。

慶次は拝殿で手を合わせ、再び自分のことと亜里沙たちのことを話した。どうすればいいか、この神社の神様にアドバイスをもらおうと思ったのだ。

『狐の怒りを鎮《しず》めるには、京都へ行くがよかろう』

ここの神様は懐《ふところ》が広く慈悲深さを持っていた。優しく慶次に説いてくれる。京都と言われてパッと赤い鳥居がたくさんある神社が浮かぶ。なるほど、ここへ行けということか。

『お前の近くに、最も適任な者がおるはずだよ』

神様はにこにこして言う。

適任な者とは、どう考えても有生のことだろう。そもそも狐憑きと呼ばれる状態になったのに、狸の眷属を憑けている慶次が出張《でば》っても上手くいくはずがない。やはり有生に頼るしかないのか。

自分の力不足を痛感して落ち込んできた。

『その子たちに憑いているのは、ここの狐ではない』

考え込んでいると神様が慶次の勘違いを訂正する。

「え？」

『この狐は中に入れまいとすることはあっても、祟るような者はおらぬよ。別の悪《あ》しきものが憑いておる』

神様に説かれ、慶次はそうだったのかと納得した。悪さをして怒られたのは確かだが、亜里沙に憑いた狐も、達也に憑いた悪霊も、どちらもこの神社とは無関係なのだ。

『他人の力を借りることは恥ずべきことでも、悪いことでもない。それは縁なのだ』

神様の声は慶次の身体に沁み込んだ。その通りだ。

「分かりました！　ありがとうございます！」

慶次は深々と礼をした。自分の力でなんとかできないかとがんばるのはやめよう。根性には自信はあるが、根性だけでやっていけるほど世の中甘くない。

慶次は吹っ切れて、神社を後にした。


翌日、巫女様から連絡が入り、慶次は改めて仕事として達也に憑いた悪霊を退治することになった。

『有生と連絡がとれん。奴を探して一緒に仕事に当たってくれ。おそらくお前がこれから向かう先の山におる。ちと難しいものが憑いておるぞ。有生がおれば大丈夫じゃろうが』

巫女様の電話に慶次はびっくりした。なんで有生は山にいるのだろう？　確かに慶次が行こうとしている大社の奥宮は山になっている。まさか必要になると知ってのことだろうか。

慶次は一晩泊めてもらった亜里沙と両親に礼を言った。これから本格的に達也に憑いた悪霊を祓うと言うと、ホッとしたようだった。

「――慶次君」

亜里沙に駅まで送ってもらう途中、再び涼真と会った。この近くに住んでいるのだろうか。にこやかな顔で慶次の肩を叩いてくる。

「あ、涼真さん」

「達也君のことはどうするのかな。心配になってね。神社に行ったら、すごかったらしいじゃないか。おばさんが怯えていたよ」

そういえば達也のことは涼真に任せっぱなしにしていたのだった。パンツまでびしょ濡れになったので、あの後そのまま亜里沙の家に戻ってしまったのだ。

「大丈夫です。もっと頼りになる奴、呼んでくるので」

慶次は愛想笑いを浮かべた。有生が来れば、すぐにこの件も片付くだろう。

「そうなんだ。よかった」

涼真は心から安堵《あんど》したように微笑んでいる。家庭教師として元生徒を案じているのだろう。いい人だ。

「じゃ、これで」

慶次は駅で涼真と亜里沙に別れを告げ、そのまま京都に向かった。

東京駅から新幹線に乗り換えて約二時間半。タイミングよく新幹線の切符が取れたので、二時過ぎには着きそうだ。新幹線の中で買い込んだ駅弁を食べていると、何故か子狸がもぞもぞしている。

「どうかしたか？」

隣の席に人がいたので、慶次は小声で子狸に聞いた。眷属の声はふつうの人には聞こえないのだ。

『ううーん……ううー……。なんか変なのがくっついてますぅ』

子狸は身をよじって、もじもじしている。変なのとはなんだと聞いても、よく分からないと言われる。たとえて言うなら、お尻にゴミがくっついている感じなのだそうだ。そう言われても子狸にゴミなどついていないから、取りようがない。そうこうするうちに京都に着いたので乗り換えのために移動した。

ＪＲ奈良線に乗り込み、目的の駅で下車する。

「うわ、なんだこれ……」

駅を出ると目の前にある赤い鳥居をくぐり、慶次は呆然と立ち尽くした。

ともかく人が多い。今日は平日なのに、どこから来たんだというくらい人がいる。外国人がいっぱいで、何故か女性の多くが慣れぬ着物姿だ。外国人が選ぶ観光地ナンバーワンとかで、変なのぼりまで立っていた。参道を通って階段を上がるとふつうは狛犬《こまいぬ》がいる場所に狐がいる。口に銜《くわ》えているのは穀倉の鍵だろうか？

「有生、どこにいんのかな……。子狸、分かるか？」

楼門を過ぎると慶次は境内をきょろきょろ見回した。このたくさんの人の中で有生を探すのは大変だ。

『うーん、上のほうにいる感じがしますぅ』

子狸は意識を集中して山の上を指す。本殿から道が分かれ、山に登れるようになっている。慶次はひとまず本殿で手を合わせて、今日ここに来た理由を述べようとした。

『話は上で聞く』

亜里沙たちのことを言おうとすると、脳裏に声が響いてくる。神様は山にいるようだ。慶次は参拝者の流れに沿って、鳥居を進んだ。ここには一万基くらい朱塗りの鳥居があると言われている。ずらりと並ぶ鳥居は写真映えするのだろう。あちこちからスマホのシャッター音が聞こえる。

慶次は列になって上を目指した。階段はゆるやかで、杖をついた老人が登っているくらいだからそんなに険しい山ではない。むしろ中腹まで行っても前後にたくさんの人がいて、騒がしいくらいだ。

三ノ峰《さんのみね》、二ノ峰《にのみね》を通り、ゆっくりと時間をかけて頂上まで行く。途中の社《やしろ》で帰っていく参拝者も多いが、頂上である一ノ峰《いちのみね》まで登る人も結構いた。頂上では岩にしめ縄が張ってあり、跪《ひざまず》けるような台も置かれている。

「よし、ここで」

慶次は意を決して、ここの神様に参拝に来た理由を伝えた。稲荷神社の怒りを買ったことを話し、謝罪しようにもけんもほろろなので取り次ぎしてもらえないかと頼む。

『本人、及び血縁者が来るのが筋である』

返ってきた答えに慶次は「うっ」とたじろいだ。

よく考えたら、その通りだ。怒りを鎮めるのに第三者の慶次が来ても意味がない。無駄足かと思うと脱力しかけたが、気を取り直してもう一度話しかける。

「本人か血縁者が来たら、とりなしてくれるようお願いできますか？」

慶次の願いに『是《ぜ》』という答えが戻ってくる。ひとまずホッとした。亜里沙たちがもしこの先あの神社に行きたくなったら、ここに来て取り次ぎを頼めと言えばいい。

「有生、どこだろ……」

慶次は次の問題に取り組んだ。頂上は狭い道が多く、ここのどこかにいるならすぐ会えるはずだ。けれど有生の姿はどこにもない。上から見下ろそうと、慶次は一ノ峰をぐるりと回った。

「ん？」

人の手が入っていない山の中に黒っぽい影が見える。目を凝《こ》らしてみると、木々の間で座禅しているのは有生だった。どうやってあそこまで行ったのだろう。近づこうにも参拝者の目があるし、大声を出して呼んだら、有生が人の目にさらされる。

「子狸、有生のとこ行って、来てくれって頼んでくれよ」

慶次は小声で子狸に命じた。子狸はすーっと慶次の中から出て、有生を呼びに行く。じっと見ていると有生がくるりと振り返った。表情までは分からないが、思ったよりも不機嫌な感じはない。

戻ってきた子狸は、ふうと慶次の中に落ち着く。

『お茶屋で待ってろだそうですぅ』

お茶屋？　慶次は首をかしげてマップを広げた。


有生の言う茶屋は山の四ツ辻にあった。とりあえずここで有生を待とうと、座敷になっている席に上がり、ぜんざいを注文した。運ばれてきたぜんざいはお餅が焼きたてで美味しい。ぜんざいだけでは物足りなくなって鍋焼きうどんを注文すると、ようやく有生が現れた。

有生は黒地に蛍光色の入ったトレーニングウェアを着ていて、小さな肩掛けバッグ一つしか持っていない。面倒くさそうにちらりと慶次を見ると、のそのそとやってきて鍋焼きうどんを注文した。

「有生、スマホの電源入れてないのか？　巫女様から仕事の依頼が来たんだぞ」

慶次の前に胡坐《あぐら》を掻いて座った有生に、せっつくように言う。

「へー」

有生はそっぽを向いて気のない返事だ。

「へーじゃないだろ。っつうかあそこで何してたんだよ？　俺のほうは大変だったんだぞ。西宮達也のおばさんが依頼してくれなくて、しょうがないから神社に謝りに行けばって助言したら、何故か俺も行く羽目になって……。そしたらもうすごい嵐みたいになって……って、聞いてんのかよ」

ちっとも目を合わせようとしない有生に焦《じ》れて、慶次は身を乗り出した。

「ともかくやっと依頼してくれたから、一緒に行ってくれよ。お前の力が必要なんだって。もしかしてここにいるのって依頼が来るのが分かってたからじゃないのか？　達也、どんどんひどくなってるって。餓鬼みたいになってってさ」

達也を案じる自分の気持ちを分かってもらおうと、慶次は懸命に言い募った。けれど有生はそんなことで心を動かすような男ではない。

「俺、やんねー。気がのらないし」

有生は座卓に頬杖を突いてあらぬほうを見ている。慶次は顔を引き攣らせ、有生の手首を摑んだ。有生の顎が手から離れ、やっと慶次を見てくれる。

「なんでそんなこと言うんだよぉ！　お前がいないと俺……っ」

慶次が声を荒らげた時だ。有生の無表情だった顔が、ふっと強張った。有生の空いていたほうの手が伸びてきて慶次の耳の後ろへ回る。どきりとして身をすくめると、耳元で『ぴぎゃっ』という変な声がした。

「――どこでこれ、つけてきた？」

有生は慶次の耳の後ろから、黒い小さな虫みたいなものを取り出した。びっくりして慶次は身を引く。自分の耳の後ろにそんな虫がいたとは知らなかった。

「な、何それ？　虫っぽいけど……はっきり見えない」

有生の手に摑まれているものが黒っぽい虫みたいなものというのは分かる。けれど何故か目を凝らしてもぼやけて見えないのだ。

「妖魔だよ。小さくて気づかれにくい奴だけど」

有生はそう言うなり手をぎゅっと丸めた。次に開けた時には、有生の手には何も残っていなかった。妖魔と聞かされ、今頃、子狸が変なのがくっついていると言った意味が分かった。子狸はすっかり身体をくつろげ『すっきりしましたぁ』とにこにこしている。

「どこでそんなもん憑けたんだろ……。そういうのがいそうなとこ、通ってないはずだけど」

妖魔や悪霊は事件が起きた場所や墓場といった暗い場所を好む。けれど慶次はそういう場所に心当たりはなかった。

「気が変わった。依頼、やるよ」

有生がスマホの電源を入れる。ちょうど店主がやってきて、有生と慶次の前に鍋焼きうどんを置いた。有生はうどんをすすりながら、巫女様に電話をかけている。慶次も鍋焼きうどんをすすった。これまた美味だ。

有生がやる気になってくれて、よかった。それにしてもあの妖魔はなんだったのだろう。憑いていた間、慶次は特に気づかなかった。己の鈍さにげんなりする。今度から子狸が変だと言い出したら徹底的に調査しよう。

「ああ、そう。やっぱりね」

有生は電話口でやけにシリアスな顔をしている。依頼人に関する話らしいので何を話しているか知りたくて耳をそばだてたが、ぜんぜん聞き取れなかった。

電話を終えた有生は汁を全部飲み干すと、「行こう」と腰を浮かした。

茶屋を出る頃には日は陰っていた。慶次は改めて達也の状況を語った。達也に憑いているものは神社とは無関係であったこと、ここの神様にとりなしてもらおうとしたが、本人か血縁者でなければ駄目だと言われた話もする。

「それにしても、人が多いよな。お参りのイロハも知らない奴が多そうだけど、ここの神様はそれでいいのかな」

下山する最中も、はしゃいで追いかけっこをしている若者がいる。

「いや別に、人が多いのは嬉しいみたいだよ」

有生曰《いわ》く、慶次が眉を顰めるような輩《やから》も、神様はよく来たねという気持ちらしい。

「眷属は怒るけどね」

有生は皮肉っぽく笑う。そうなのだ、稲荷神社でもそうだったが、神様は基本的に怒らない。けれど神様に仕える眷属は悪さをする輩を許さない。アイドルの親衛隊みたいだなとぼんやり考えた。

「とんぼ返りになるけど、いい？」

駐車場に来ると、有生が珍しく気を遣うような発言をした。もちろんだと答え、慶次は車に乗り込んだ。


翌日、西宮家に連絡を入れ、慶次たちは仕事モードになった。今回スーツを持ってきていなかったので、慶次は店で安いスーツを購入した。有生はラフな格好でいいんじゃないかと言うが、スーツ姿の有生の隣に立つと気後れするので思い切って買った。

予定した十一時に西宮が住むマンションにスーツ姿で立つと、気を引き締めて中に入る。今日は絶対に怪我をするような迂闊《うかつ》な真似はしない。慶次の気合に応《こた》えるように、子狸も闘志を燃やしている。

『ご主人たまー、やる気ですね！　おいらもがんばりますですぅ』

エレベーター内で子狸と応援し合っていると、有生が氷のように冷たい眼差しを浴びせてくる。有生たちはこういうことはしないらしい。

西宮家の玄関の前に立ち、チャイムを鳴らす。ややあって出てきた達也の母親は、前会った時より、さらにげっそりしていた。部屋は真っ暗だ。まだ昼間なのに、カーテンを閉め切っている。

「あ、どうも……よろしくお願いします……」

達也の母親は覇気《はき》のない顔で頭を下げる。

「あの、カーテン開けたらどうですか？　今日はいい天気ですよ」

中に入り、慶次は必死に愛想笑いを浮かべ、リビングのカーテンを開けた。まぶしそうに達也の母親は目を細め、ふっと我に返ったようにうろたえた。

「あらやだ、私ったら、お客様を迎えるのにこんな汚くして……」

リビングにあるテーブルやソファの上には雑然と物が置かれている。達也の状態に母親も引きずられているのだ。達也の母親はキッチンに立ち、お茶を淹《い》れなければと焦っている。

有生は黙って窓際に立っていた。何か気になるのか、窓枠をじっと見ている。ふと廊下に足音がして、慶次は振り返った。

「あ、涼真さん」

知らなかったが、涼真が来ていたらしい。元教え子のために今日も来ていたなんて、熱心な先生だ。

「やぁ慶次君。そちらはお仲間かな」

涼真は口角をクッと上げて、有生に視線を注ぐ。有生はすっと振り返ると、半ば睨みつけるように涼真を見た。

「あんた？　慶ちゃんにゴミくっつけたのは」

有生のよく通る声が響く。慶次はびっくりして目を見開き、涼真と有生を見比べた。ゴミとは妖魔のことだろう。涼真がそんなことをするはずない。

「な、何言ってんだよ。有生。この人は達也君の元家庭教師で彼を心配して……」

慶次は有生の勘違いを正そうとしたが、涼真の口から笑いが漏れて背筋がひやりとなる。

「お久しぶり。有生さん。残念だなぁ、もう少しで完成しそうだったのに」

涼真の声音がそれまでの優しげなものからがらりと変わる。慶次は驚愕して涼真から離れた。涼真の放つ気まで変化している。有生とは別の意味で背筋が寒くなる闇の気配だ。

「し、知り合いなのか？」

慶次はびくびくして有生に聞いた。

「知らないよ。興味ないし」

有生は肩をすくめ、そっけない返事だ。それにカチンときたのか、涼真は唇を歪めた。

「相変わらずつれない人だなぁ……。まぁいいよ、面白いものも見れたし」

涼真はちらりと慶次を見て、背中を向ける。そのまま無言で出て行ってしまった。

「止めなくていいのか？　なんか分かんねーけど、あいつ、ひょっとして……」

慶次は廊下に出て、涼真を追いかけるべきか悩んだ。キッチンにいた母親がリビングにやってきて、不可解な表情をする。

「あら……、今、誰かいましたよね……？」

テーブルにお茶を置いた達也の母親は、困惑した表情だ。

「涼真さんがいましたよ。達也君の元家庭教師の」

慶次が言うと、達也の母親の顔がいっそう困惑したものになる。

「うちの達也に家庭教師なんていません。あの子は勉強が嫌いで……第一学校にもろくに行ってなかったし」

達也の母親の発言に慶次はぽかんとした。それではあの涼真とは一体……？　亜里沙も周囲の人も、皆元家庭教師だと信じていた。前回ここに来た際だって、達也の母親と仲良さそうに話していた。

「え、でもあの人、しょっちゅう来ていたわ……。何度もやってきて、私の愚痴を聞いてくれて……どうなっているの、何も思い出せない……」

達也の母親は頭を抱え、青ざめている。何度も家に入れた人物に心当たりがないのだから当然といえば当然だ。あの涼真という青年、どんな能力を持っているのだろう。何度もこの家に来て、何をしていたのだろう。

「じゃあ、さっさと片付けます」

有生はお茶に口もつけずに、達也の部屋に向かった。廊下の奥の部屋からは相変わらず気持ち悪い空気が漏れ出ている。慶次は左目のコンタクトを外した。

「俺がいいって言うまで、慶ちゃんは手を出さないでね」

有生は達也の部屋のドアを開けながら、言う。おそらく大きな妖魔を有生が片付けてから自分の出番なのだろう。慶次は素直に分かったと頷いた。

部屋は前回と変わらず陰鬱《いんうつ》な気に満ちていた。今日は達也は押し入れに隠れておらず、ベッドの後ろに身を潜めている。骨と皮ばかりになった姿で、目だけがぎろぎろと動いて気持ち悪い。達也は警戒するように有生と慶次を睨む。

ドアを閉めた有生は、慶次には意味不明の言葉を呟いた。すると光が生まれ、白くて大きな白狐が現れた。有生の眷属である白狐だ。

「武器を」

有生は有無を言わさず達也に憑いた悪霊を倒すらしく、白狐の腹に手を入れる。白狐の腹から抜き出された手には、輝く宝剣があった。とたんに達也が意味不明の奇声を発し、ベッドから飛び出した。ドアに向かって逃げようとする。

「手間をかけさせるなよ」

有生はドアに向かいかけた達也の身体を一刀両断にする。一瞬、刃が達也の身体を真っ二つにしたのかとたじろいだが、真っ二つにされたのは達也の身体から抜け出てきた妖魔だった。達也は妖魔を引きはがされ、ぐったりと床に倒れている。

達也から抜け出てきたのは異形《いぎょう》のものだった。人と同じくらい大きくて、腹が異様に膨れ上がっている。書物で見た餓鬼そのものだ。

『ひぃいいい、うあああああ、おのれ、おのれぇええ、許さぬ、許さぬぞぉおお』

餓鬼は斬られてもがき苦しみながら有生に呪いの言葉を口にする。有生はそれを一瞥して、宝剣を餓鬼に突き刺す。二度目の攻撃で妖魔は完全に消滅した。業火に焼かれたみたいに一瞬でちりぢりになる。すると今度は毬《まり》くらいの大きさの黒いものがわらわらと出てきた。

「はい、どうぞ」

有生は顎をしゃくって慶次に合図する。

「待針、武器を！　これ何本でいける？」

慶次は目の前に浮かんできた子狸に早口で聞いた。子狸の腹に手を入れ、束になった待ち針を取り出す。

『大きい奴は三本で、小さいのは一本ですぅ』

よし、と慶次は逃げ出そうとする黒い玉を追いかけ、赤い珠の部分に針を刺した。子狸の言った通り、大きい黒いのは三本の針を突き刺すと消滅し、小さいのは一本で事足りた。次々と小さな悪霊を倒していると、有生がカーテンを開けて外の日差しを入れた。明るくなると黒い奴は動きが鈍くなって退治しやすかった。有生はまた窓枠を見ている。

『ご主人たまぁー、品切れですぅ』

二十本針を出したところで子狸の霊力は切れた。まだ黒いのが二個残っているのに。

「ゆうせ……」

有生に頼もうとするより早く、宝剣が軽く振られる。一瞬で黒いのは消え去り、部屋は入った時とは雲泥《うんでい》の差で明るくなった。

「まぁ、前よりは進歩したんじゃない？」

有生は白狐に剣を収め、鼻で笑う。もしかして褒めているのだろうか。慶次はガッツポーズをした。討魔師をやめろなんて、二度と言わせない。少しずつでも自分は強くなっていく。いつまでも有生に馬鹿にされるつもりはない。

やり終えた安堵感に襲われ、慶次は「ふわぁ」と尻餅をついた。

「や、やばい……」

落ち着いたとたんに身体が痺れてきた。毎回悪霊を祓うたびにこうなってしまうのはどうにかならないのだろうか。

有生は転がっている慶次には目もくれず、ドアを開けて廊下に立っていた母親を中に入れた。母親は不安そうに達也に駆け寄り、その身体を抱き起こした。妖魔を祓った達也の顔は険が取れ、すっきりした表情になっている。けれど状態はかなり悪い。衰弱しているのだ。

「かあ……さん……」

達也は声を出すのもやっとという状態で、涙をこぼす。母親にも達也が戻ってきたのが分かったのだろう。涙ながらに息子を抱き締める。愚痴ばかりで助ける気がないのかと疑ったこともあるが、やはり母親だと慶次ももらい泣きした。

「衰弱しているので病院へ連れて行って下さい。それから……部屋の掃除を必ずすること。その際、こういう石が出てきたら、近くのお寺か神社に行ってお祓いしてもらったのちに捨てて下さい」

有生はどこから取り出したのか、小さな石ころを握っている。

「は、はい。でもそんなのどこから……」

母親は石を見ておののいている。

「誰かがこの家に結界を張ってました。石を取り除けば大丈夫ですから。なんだったらうちに送ってくれてもいいです」

有生はそう言って石を母親に手渡す。

「さて……慶ちゃん、帰るよ」

有生は転がっている慶次を見下ろし、何故か微笑んだ。一生懸命起き上がろうとしたが、痺れてまだ動けない。先に行ってくれと何度も言ったが、有生は慶次を担《かつ》ぎ上げて歩き出す。

嫌な予感しかしない。

慶次は青ざめて痺れと闘っていた。

嫌な予感は当たっていた。有生は車で赤坂にあるタワーマンションに戻ると、慶次を寝室に連れ込んだのだ。

「ちょっ、おまっ、お前っ、何してる！」

ベッドに下ろされて有生がのしかかってくると、慶次は焦って引っくり返った声を上げた。有生は慶次のネクタイを弛め、ジャケットを引き剝がしてくる。貞操の危機を感じ、必死に逃れようとしたが、身体が満足に動かない。

「何してるって決まってる。慶ちゃん、犯そうと思って」

有生は悪びれた様子もなく、慶次のシャツのボタンを外している。

「こ、こらーっ!!　そういうの強姦って言うんだぞ！　討魔師として、いいと思ってんのかよ！」

有生を止めようと慶次は声を荒らげた。有生は器用にシャツを剝ぎ取ると、インナーをまくってきた。

「悪いけど、さんざん我慢させられて、俺も限界。君が何を言おうと、ヤるから」

有生はそう言って、むき出しの慶次の肌に唇を寄せた。

「う、ゎ……っ」

ぬるりとした感触が乳首に絡み、慶次はびっくりして身をすくめた。有生の舌が慶次の乳首を舐めまわす。自分の胸に吸いつく有生の姿がいやらしくて、鼓動が跳ね上がった。乳首を舌先で舐《ねぶ》られて気持ち悪いのに、身体が熱くなっていく。

「馬鹿、馬鹿、この……っ、う、ぅ……」

有生は慶次の胸を舐めまわしながら、ズボンを下ろす。下着越しに有生の手がかかり、軽く握られた。敏感な場所を柔らかく揉まれ、慶次は否《いや》でも抱かれた時の記憶を思い出した。

「俺、いいなんて一言も言ってねぇのに……っ」

人が動けないのをいいことに事に及ぼうとする有生に腹が立ち、慶次は唇を噛んだ。すごく頭にくるし、有生に対するムカつきは治まらない。けれどあちこち触られるたびに覚えのある感覚が襲ってきて、慶次はくぐもった声を上げた。

（や、やばい……。気持ちいい……）

有生の手は的確に慶次の性器を擦っている。布越しにそこが張り詰めるのが分かって、泣きたいほど情けなくなった。口で嫌だと言っても、身体は正直だ。有生が上手すぎるのが悪い。両方の乳首を唾液で濡らされ、身体に電流が走る。

「はぁ……、君の身体、本当に美味しい」

有生は乳首を甘く齧《かじ》って、うっとりした声を上げた。強い刺激に腰がひくつき、慶次は息を乱した。

「もう勃ってる」

有生は上半身を起こし、慶次の下着をゆっくり下ろした。ぶるんと勢いよく反り返った性器が飛び出してきて、慶次は恥ずかしくてたまらなかった。有生は慶次を全裸にすると、両足を抱え上げる。

「ば、馬鹿、馬鹿、ホントもうヤダ、お前……」

有生はむしゃぶりつくように慶次の太ももを舐める。根元に向かって何度も舌を這わされて、慶次はどんどん熱が溜まっていくのを自覚した。駄目だという前に有生は慶次の性器を口に含んだ。生温かい口内に包まれ、慶次はぞくぞくっと背筋を震わせた。

「ぁ……っ、ぁ……っ、駄目、だって……っ」

有生の口で性器を扱《しご》かれると、何も考えられなくなるくらい気持ちいい。慶次は上擦《うわず》った声を上げ、腰を震わせた。息が乱れ、ベッドのシーツをぐちゃぐちゃにする。

「口ですると、すぐイっちゃいそうだね」

有生は慶次の性器から口を離すと、根元をぎゅっと握った。そして、カリの部分に舌を這わせる。先端の小さな穴を執拗《しつよう》に舌で弄《いじ》られると、仰《の》け反るくらいの快感に襲われた。今にも達してしまいそうだが、有生が根元を握っているので熱が出て行かない。慶次はいやいやをするように身体を震わせた。

悪霊を退治したことで、まだ身体が痺れていた。その痺れは今、快感が混ざって変な状態になっている。甘い電流が身体中を走っているような感じなのだ。

「有生、い、イかせて……、もう出したいよぉ……」

慶次は腰をくねらせ、目を潤ませた。我ながら早くて嫌になるが、達してしまいたくて仕方ない。有生から与えられる快楽はすごくて、我慢が利かない。

「いいよ。可愛い耳も出てきたし」

有生は色っぽい顔で笑むと、握っていた手で、慶次の性器を扱いた。耳が出ていると言われ、頭に手をやると狸の耳が飛び出ている。眷属を憑けてから、理性が飛ぶと耳や尻尾が出るようになった。数度軽く扱かれ、慶次は呆気なく射精した。腰に溜まっていた熱が一気に噴き出し、胸や腹に精液が飛び散る。

「はぁ……っ、はぁ……っ、はぁ……っ、う……はぁ……」

慶次は射精の余韻に浸って息を荒らげていた。身体が弛緩《しかん》して、気持ちよくてぽーっとする。

すると有生がベッドを下り、着ていたスーツを床に放り投げる。

再びベッドに戻ってきた時、有生は裸になってローションの瓶を持っていた。慶次はそれまでの心地よさが消え、顔を引き攣らせた。

「ゆ、有生、またそれすんのか……？」

ローションから液体を取り出している有生を見て、慶次は尻込みした。裸になった有生は筋肉のついたいい身体をしている。その腰には何もしていないのにすでに形を変えているモノがある。前も何度もそれで奥を犯された。

「当然でしょ」

有生は慶次の身体を反転させると、ローションで尻のすぼまりを濡らしてきた。冷たい液体に腰が震える。慶次の抗《あらが》う身体を難なく押さえつけ、有生は内部に濡れた指を入れてきた。

「ひいいい」

異物を受け入れる感覚は慣れるものではない。慶次は尻の奥を指で弄られ、情けない声を漏らした。有生の指はやや強引に内壁を掻きまわす。圧迫感で腹の辺りがもぞもぞする。慶次が必死に両腕で有生を突っぱねていると、有生が背中に抱きついてきた。

「ひゃ……っ」

身体を抱え込まれ、慶次は身をすくめた。有生は慶次の首筋をきつく吸い上げながら、中に入れた指を動かしている。腰の辺りに有生の猛ったモノが押し当てられる。有生が自分を欲しがっているのを感じ、慶次は鼓動が跳ね上がった。

「慶ちゃん……、ここに俺のを受け入れたの……覚えてるでしょ」

内部の感じる場所を指で押され、慶次はひくんと腰を揺らす。覚えている。有生の性器で奥を突かれ、痛いのに感じてしまった。自分が自分じゃなくなるような強い快楽だから、やりたくないのだ。

「こうやって……何度も出し入れしたよね？」

有生は耳元で囁き、中に入れた指をぐちゅぐちゅと動かす。か一っと耳まで熱くなり、腰から下に力が入らなくなった。有生の指が増え、内壁を広げられる。先ほど達したばかりなのに、また腰に熱が溜まっている。慶次は枕を抱えて、上気した自分の顔を隠した。

「柔らかくなってきた……、ほら、もう三本入る」

有生が上擦った声で言いながら指を増やす。指が増えると下肢に異物感が起こるが、それでも慶次の性器は萎《な》えていなかった。自分の身体がコントロールできなくて悔しい。有生のなすがままだ。

「こっちも気持ちいいでしょ……？」

有生は戯《たわむ》れに乳首を弄ってくる。内部で指を動かされ、乳首を引っ張られると、強烈な快感が走った。

「や、ぁ……っ、ゆ、有生ぃ……」

慶次ははぁはぁと息を乱し、かすれた声を漏らした。乳首を摘《つま》まれるとどんどん気持ちよくなっていく。なんでそんなとこで、と思うのに、甘い声が口から勝手にあふれ出てくる。

「やだ、や……っ、あっ、あっ、あっ」

根元まで入れた指で内部を掻き回され、慶次は鼻にかかった声を出した。腰に当たっている有生の性器は怖いくらい張り詰めている。こんなに大きなモノを入れられたら、壊れてしまうのではないかと不安になる。

「はぁ、もう限界。入れるよ」

有生は慶次の尻の奥から指を抜き、上半身を起こした。そのままうつぶせになった慶次の腰を持ち上げる。慶次は枕を抱えたまま、荒い息を吐いた。

「う……っ、ぁ、あ……、あ……っ」

有生はローションで自らの性器を濡らすと、手で支えながら慎重に慶次の尻の穴にカリを押しつけた。広げた内壁に、ずぶずぶと性器が入ってくる。慶次は内股を震わせ、前に逃げるようにした。けれど有生はそれを許さず、慶次の腰を引き戻し、性器を挿入する。

「ひ……っ、はぁ……っ、あ……っ、ひ……っ」

慶次はひくひくとしながら引っくり返った声を上げた。有生の性器は半ばほどまで潜《もぐ》り込んでくると、軽く律動を始めた。内壁を熱棒で擦られる感覚に、慶次は甘ったるい声を漏らした。久しぶりの挿入で痛みはもちろんあるのだが、性器で中を擦られると身体の奥から熱を注がれているような甘い感覚があった。

「やぁ……っ、はぁ……っ、はぁ……っ」

有生の性器はゆっくりと内部を犯していく。律動が起こるたびに徐々に奥へと移動し、やがて深い部分まで潜ってきた。有生の息遣いが荒い。時おり気持ちよさそうに息を吐き出す。

「慶ちゃん……、すごい気持ちいい……」

有生は深い吐息をこぼし、慶次の背中に抱きついてきた。有生の身体に包まれ、頭の芯がぼうっとする。有生は小刻みに腰を動かし、慶次の乳首や腹を撫でまわす。

「ぜんぜん、保たない……。一回、出すよ」

そう言うなり、有生の腰の動きが速くなった。内部を突き上げられて、慶次は「ひあ……っ、あっあっ」と切羽詰《せっぱつ》まった声を上げた。有生は慶次の腰を抱え、激しく内部を穿《うが》ってきた。まだそれほど馴染《なじ》んでいないのに中を蹂躙《じゅうりん》され、慶次は息も絶え絶えになった。

「う、く……っ」

その動きが止まったかと思うと、有生が内部にどろりとした液体を注いできた。深い奥に有生の精液が広がっている。慶次は乱れた息遣いで手足を丸めた。枕に涙や涎がついてしまった。

「あーすげぇ気持ちいい……」

有生は獣じみた息遣いでそう呟き、ゆっくりと腰を引き抜いた。大きなモノが出て行って、身体が弛緩する。内股がドロドロして気持ち悪い。

「慶ちゃんのお尻から、俺の精液が垂れてきてる……エロい……」

有生は慶次の片方の足を持ち上げ、それまで有生を銜え込んでいた場所を熱っぽい目で見つめる。やめてくれと力の入らない腕を伸ばそうとしたが、有生は慶次の身体を仰向けにしてきた。枕を奪われて、ぐずぐずになった顔を見られる。有生を見上げると、有生も狐の耳が出ていた。いつから出ていたのか知らないが、有生も理性を飛ばしていたようだ。

「慶ちゃん」

有生は慶次の両頰を手で挟み込むと、唇を吸ってきた。柔らかい感触が口を覆う。有生は慶次の目尻からこぼれる涙を舐め、濡れた唇を食《は》む。キスの心地よさに負けそうになった。これは決して自分が望んだ行為ではないと示すために、顔を背ける。けれど有生はそんな慶次の矜持《きょうじ》を無視して、慶次の口の中に指を突っ込んでくる。

「うひゃ、ぁ、ぐ……」

有生の指で歯や内頰を触られて、慶次は焦った。噛んでやろうかと思ったが、舌を指で擦られて、背筋をぞくぞくっとしたものが這い上がる。

「いい感じになってきた」

有生は愉悦の表情を浮かべ、今度は慶次の両足を抱え上げた。胸に両足を押さえつけられ、まさかと思う間もなく、再び有生の性器が尻の奥に入ってくる。

「ひ、あ……っ、あ……っ」

先ほどまで有生のモノを受け入れていたのもあって、性器はどんどん奥へ潜り込んできた。有生の性器はまだガチガチに硬い。

「慶ちゃん、中でイってみせて」

有生は慶次の足を押さえつけ、腰を揺さぶってきた。何を馬鹿なことを、と反論したかったが、有生の性器で奥の弱い部分を突かれ、変な声がこぼれ出る。

「やだ、ぁ……っ、やだってば……っ、中でイくの……やだ……っ」

奥の感じる場所を執拗に擦られ、慶次はいやいやと首を振った。有生はそんな慶次の声に煽られたように激しく内部を穿ってくる。

「ひ……っ、やあ……っ、あ……っ」

身動き取れない状態で内部をぐちゃぐちゃに掻きまわされ、慶次は甲高い声を上げた。穿たれるたびに揺れている慶次の性器からとろとろと先走りの汁がこぼれている。全身が熱くて、呼吸は苦しいし、汗も掻いている。内部を突かれて、どんどん発熱していくと、ふいに有生の動きが変わった。

「あ……っ、嘘、やだ……っ」

有生はゆっくりと抜けそうなくらいまで引き抜き、一気に奥まで突き上げてくる。その緩急《かんきゅう》のある動きに慶次は翻弄《ほんろう》された。

「やぁ、ゆ、有生……っ」

涙目で有生を見上げると、怖いくらい強い眼差しで自分を見ているのが分かる。有生も汗ばみ、息を乱している。室内には互いの熱っぽい息が充満していた。

「ああ……っ、やあぁ……っ」

ずん、と奥まで突き上げられるたび、慶次は仰け反って嬌声《きょうせい》を漏らした。太ももがひくついて、つま先がぴんとなる。気持ちよくて生理的な涙が止まらない。内部に銜え込んだ有生の性器が熱くて硬くて、時おりぎゅーっと締めつけてしまう。

「すごい中がひくついてる……。もうイきそうでしょ？」

有生は熱い息を吐き、腰を回すような動きをした。慶次はひっきりなしに甘い声を上げていた。もう声を出さないとこの快楽を逃せない。怖いくらい感じている。全身が敏感になったように震えている。

「慶ちゃん、もっと感じてよ……」

有生はそう言うなり、身を屈めて慶次の唇を吸ってきた。口をふさがれて息苦しさは増すばかりだ。それなのに有生は腰を動かすのをやめてくれない。

「ん……っ、んぅ……っ、うう……っ」

有生に深いキスをされ、くぐもった声がこぼれる。奥を突かれ、慶次は身体をくねらせた。苦しくて、有生のキスから逃れ、思い切り仰け反る。

「ひああぁ……っ!!」

ぐりっと奥で動かされたとたん、慶次は脳天まで突き抜けるような深い快感に襲われた。四肢が張り詰め、有生の性器を締めつける。性器からは白濁した液体が迸《ほとばし》った。

「う……っ、キツ……」

慶次の絶頂に引きずられたように有生が顔を歪めて腰を震わせた。有生が内部に精液を吐き出す。有生の身体がどさりとのしかかってきて、慶次は荒い息遣いをしながらぐったりとした。

互いの激しい呼吸がぶつかり合う。熱くなった有生の身体に抱きつかれ、慶次は忘我《ぼうが》の境地で肩を上下させた。

柔らかい光を感じて、慶次は薄目を開けた。

間接照明だけが点《つ》いている室内に、神々《こうごう》しい光の存在を感じた。なんだろうと目を擦ると、ベッドで寝ている有生の横に、白狐がいる。

『お前は肉欲に溺《おぼ》れている』

白狐の声が聞こえた。白狐は有生を諭《さと》しているようだった。

「うるさいな、分かっているよ」

有生はふてくされたような声で白狐を追い払うしぐさをした。寝返りを打った有生に抱き込まれそうになり、慶次はのそのそと起き上がった。いつの間にか寝ていたらしく、全裸のまま有生のベッドにいた。何度も身体を貫かれ、有生の気が済んだ頃には夕暮れ時になっていた。その後、疲れて寝てしまったのだろう。サイドボードの時計を見ると、深夜十二時だった。

「有生、てめぇ、よくも」

有生に好きにされた記憶が蘇《よみがえ》り、怒りをぶつけようとしたが、少し動いただけで腰がへにゃっとなってパンチ一つ浴びせることができなかった。身体は綺麗になっている。誰がやったか知らないが、何度も中で出されたわりに尻も綺麗だ。

「慶ちゃんが悪いよ」

有生が起き上がってしれっと言う。言うに事欠いて、被害者のほうが悪いとはどういうことだ。慶次は開いた口がふさがらず、枕で有生の頭を思い切り叩いた。珍しく有生が避けなかったので、枕はヒットした。

「お前は何を言ってるんだ？　そこは土下座して謝るべきだろ！　人の身体が動かないのをいいことに好き放題やりやがって！　俺はお前の恋人じゃねーって言ってんの！」

慶次はムカムカきて、大声で怒鳴った。

「いいや、慶ちゃんが悪い。君が言うから俺だって考えてみたよ。どうして俺は君とこんなにヤりたがるのかって」

有生は枕を抱え、端整な顔を突き出してくる。

「は？」

意味が分からず慶次は目を丸くした。

「君が十歳くらいの時、妖魔を俺が倒したの、覚えてる？」

潜めた声で言われ、慶次は視線を泳がせた。よく覚えている。慶次は十歳の冬、律子伯母に頼まれて妖魔を倒すためのおとり役を引き受けた。その時初めて会った少年が有生だ。有生は中学生の時点ですでに白狐と契約して討魔師として仕事をしていた。剣で妖魔を切り倒す有生を見て、慶次は討魔師になりたいと憧れを抱いたのだ。

「覚えてっけど……」

覚えているが、間違っても有生に憧れていたなんて言いたくないので慶次は言葉を濁した。

「あの時、俺、中学生だったんだよね。妖魔を倒した後、君は熱を出して倒れただろ。君は頬を赤くして意識を失っていた。その表情に、当時俺は腹の辺りがもぞもぞした。今思えば、興奮したっていうのかな。君の顔がいやらしく見えた。情事の後みたいな顔だったから」

慶次はあんぐりと口を開けた。

「な、何を言ってるんだよ、お前……」

慶次は理解できなくて有生を凝視した。

「つまり思春期だった俺は君のいやらしい顔を見て、変な刷り込みができてしまったんだ。君を好きなわけじゃないよ。ゴムボールみたいで、どこへ行くか分からないし、いちいち口答えするし、イライラするほうが多いくらいだ。でもエロいことと君が結びついちゃったから、君とヤりたくて仕方ない」

有生は意味不明の理由を平然と述べる。

「つ、つまり……?」

慶次は困惑して聞いた。

「つまり俺は君を好きなわけじゃない。悪いのは慶ちゃん。慶ちゃんがエロいのが悪い」

自信満々で言い切られ、慶次は絶句した。斜め上の発言にしか思えないが、有生はそう信じているらしい。こいつはやっぱり変わっている。超変人だ。人を無理やり犯しておいてその言い草とは。

「俺はちっとも悪くない。それに俺はエロくなどない。お前の目と脳がおかしいんだろ。っつーか、俺の気持ちはどうなんだよ。俺はやだって言ってるのに無理やりヤってさぁ。白狐にも怒られてただろ、悪いのはお前じゃないか」

慶次は有生を言い負かしたくて、ベッドに正座して言い募った。まだ四月なので裸だと寒くて、くしゃみが出る。するとどこからか尻尾のある緋袴の女性が現れ、慶次に洗濯した下着とパジャマを差し出してきた。

「慶ちゃんのヤダはイイでしょ。あれだけ喘いでおいて、何言ってんの。もっともっとってしがみついてきたじゃない。第一、本当に強姦だったら、白狐は俺から離れてる。慶ちゃんは俺が好きだよ。俺は別に君のこと好きじゃないけどね」

有生はごろりと寝返りを打って、慶次に背中を向ける。パンツを穿《は》きながら、慶次は目を吊り上げた。

「はぁ!? だ、誰がもっとだ！　そんなこと一言も言ってねぇええ!!　俺だってお前のことは、昔から嫌いだっつーの！　お前、ホントにむかつくな！」

カリカリして怒鳴ると、慶次は急いでパジャマを着込んだ。有生と同じベッドで寝たくなかった。リビングのソファに行こうとして、はたと気づく。

「そうだ、巫女様に報告……」

達也に憑いた妖魔を退治した後、巫女様に報告していなかった。

「もうしといたよ。……どこ行く気？」

寝室を出て行こうとする慶次に、有生が起き上がって眉を顰める。

「リビングのソファで寝る」

「勝手に使わないで」

ドアノブに手をかけた慶次は、びっくりして振り返った。有生はじっとりと慶次を見つめている。ソファも駄目なんて、なんてケチな奴だ。慶次はうろたえて視線を泳がせた。ここは有生の家なので、文句は言えない。

「じゃ、じゃあリビングの床で……」

口を尖らせて呟くと、有生が頭をガリガリと掻く。

「それも駄目。ここで寝ろよ。もう気は済んだから何もしない」

有生が毛布を剝いで言う。慶次は逡巡したのちに、仕方なくベッドに戻った。慶次がのろのろとベッドに潜り込むと、有生は安心したように横になった。好きじゃないというわりに、どうみても好きな人に取る態度だと思うが……。慶次は深く考えるのをやめて身体を丸めた。有生のベッドは大きいので二人で寝ても問題ない。

「……ところで有生。あの男、なんだったんだ?」

すぐには寝つけなくて、慶次は天井を眺めながら口にした。達也の家で会ったあの男——涼真と名乗っていたが、本名かどうかも疑わしい。西宮家に出入りしていたが、元家庭教師というのは嘘だった。それも問題だが、母親も亜里沙もそのことについて疑いもしなかったのが気になる。暗示にでもかけられていたのだろうか。好青年だと思っていた涼真が悪人らしくて、己の人を見る目のなさにがっかりする。

慶次の身体についていた妖魔は、涼真によってつけられたのだろうか。そういえば駅に行く道で涼真と会った。あの時、何かされたのだろう。

「あいつ、有生のこと、知ってたみたいじゃないか」

慶次は気になって有生を振り返った。

「さぁ。どうでもいいよ。次何かしてきたら容赦しないけど」

有生は背中を向けたまま言う。

「何か知ってんだろ? おい、教えろよ。あいつお久しぶりって言ってたぞ、おーい有生、秘密にすんな、ケーチ、ケーチ、ケーチ。食らえ、ツボ押し」

情報を明かさない有生にカチンときて、慶次は有生の背中を指先で突いた。イラッとした顔で有生が振り返り、慶次の鼻を摘む。

「そういうとこ、ホントうっざ」

鼻をふさがれて、息ができなくなる。慶次が口をぱくぱくさせると、有生が手を離した。

「あいつが誰か知らないけど、大体の予想はできる」

有生が真面目な顔つきになったので、慶次も真剣な顔になった。

「俺たちの家系と似たような家系で、妖魔や悪霊を従えて活動している人がいる。うちらとは違って、無理やり妖魔の力を使っているから、危険な集団だ。二度と関わり合いになるなよ。あいつらの邪悪な力は君のような半人前には危険だからね」

諭すように言われ、慶次は神妙に頷いた。妖魔が憑いていたのも分からなかった慶次としては、有生の言葉に従うしかない。

「あいつ、達也君をどうしてたんだ？」

達也には妖魔が憑いていた。悪霊と妖魔は少し違う。悪霊は元は人間だったものだが、妖魔は人ならざるものだ。

「多分、人間を妖魔にしようとしてたんじゃない？　もう少しで完成しそうだって言ってたし。あの調子じゃ、亜里沙って子も、あいつが何かしたのかもね」

有生はさらりと言う。慶次は驚愕して言葉もなかった。人間を妖魔にするなんて、可能なのだろうか。だが確かに達也には餓鬼が憑いていた。もし退治していなかったら、達也は餓鬼になってしまったのだろうか。そんな危険な思想の持ち主を野放しにしていいのか——。

「向こうも特殊な家系なんだよ。言っとくけど、止めなくていいのかとか馬鹿なこと言うなよ。君は日本中の犯罪者を取り締まれるのかって話だよ。あいつらが何しようが、俺たちには関係ない。依頼が来たら粛々《しゅくしゅく》と退治するだけ。分かった？」

慶次が何か言う前に、有生が先《さき》んじて言った。有生の言う通りなので慶次は黙るしかなかった。そもそも自分には涼真を止める能力もない。

「くっそー、早く強くなりてぇな……」

慶次は有生に背中を向けて、身体を丸めた。少し眠くなってきた。あくびを一つして、慶次は目を閉じる。

眠りにつくほんの少し前に、有生が背中から慶次を抱え込んできた。俺は抱き枕じゃない。そう言いたかったが、眠さに負けて慶次は夢の世界に潜り込んだ。

■5　柳森《やなぎもり》神社

翌日、慶次《けいじ》たちは改めて西宮《にしみや》家を訪れた。スーツ姿も少しは様になってきた気がする。西宮家は昨日と打って変わって明るくなっていた。掃除もしてあるし、達也《たつや》の母親も身綺麗にしている。

「昨日は本当にお世話になりました。頭の霧が晴れたようです。達也は一週間ほど入院することになりました。今日もこれから顔を見に行こうと」

達也の母親は晴れ晴れとした表情で言う。魔が消え去った家は別の家みたいだ。家族に一人妖魔にとり憑《つ》かれた人がいるだけで周囲にこんなに影響を及ぼすなんて、考えてみれば恐ろしい。慶次たちが来た時、偶然亜里沙《ありさ》や他の友人たちもやってきた。皆、達也の回復を喜んでいる。

「近くに寄ったらぜひ声をかけて下さいね」

亜里沙に手を握られ、慶次はまんざらでもなく照れ笑いを浮かべた。すると有生《ゆうせい》がすねを蹴ってくる。ムッとして振り返った時には有生はもういない。

慶次は亜里沙たちに、この先悪さをした神社に行きたくなったら、京都にある大社に行ってとりなしてもらえるようお願いしてくれと言っておいた。皆、真面目な顔で分かったと頷《うなず》いてくれる。

「そうだ、あとこれ……。今朝掃除した時に見つけて」

達也の母親から十個の石を渡された。手のひらに石が触れたとたん、ぞくっと寒気がする。

『ご主人たまー。それ持たないで下さいぃ。ぞぞぞってしますぅ』

子狸《こだぬき》はまん丸の身体を縦に細長くしている。ビニール袋をもらって、それに石を詰め込んだ。涼真《りょうま》が達也を妖魔にするために使った呪いの道具だろうか。

一足先に出て行った有生を追って、慶次は西宮家を後にした。マンションの前の道に車を停めていた有生は、慶次の持ってきたビニール袋を見て、眉を寄せる。

「ちょっと待ってて」

有生はトランクから金属製のケースを取り出した。そこに石が入ったビニール袋を入れて、鍵をかける。

「これはうちに帰って始末する。ところで、このまま帰っていいの？　どこか寄るところは？」

車に乗り込み、慶次はシートベルトを締めながら首をかしげた。

「うーん、特には……。あ、そういやまだ子狸がいた神社に行ってないんだよなぁ。柳森神社ってとこらしいんだけど」

ふと思いついて言うと、有生が目を剝《む》いた。

「はぁ!?　挨拶《あいさつ》もまだとか、どんだけ礼儀知らずなの。眷属《けんぞく》借りてんだから、ちゃんと挨拶しなきゃ駄目じゃない。馬鹿なの？　相当馬鹿なんだね」

有生にけちょんけちょんに言われ、慶次は頬を赤らめた。そういうものだったのか。一回くらいは行くべきかなぁと思いつつ、今日まで来てしまった。子狸も行ってくれとは言わなかったので、迂闊《うかつ》だった。

「じゃあ今から行くよ」

有生はナビに目的地を設定して、エンジンをかける。

『ご主人たまー、里帰り、嬉しいですぅ』

これから柳森神社に行くと知り、子狸は喜んで踊りを踊っている。こんなに喜ぶならもっと早く行っておけばよかった。慶次は子狸の踊りを見ながら、深く反省した。


柳森神社は神田川《かんだがわ》沿いにあった。小さいが中に七つも社《やしろ》があって、優しい気に満ちた場所だ。石造りの鳥居《とりい》をくぐると、わらわらと神使《しんし》である狸と狐《きつね》がやってきた。子狸がぽんと飛び出て、嬉しそうに皆の元に駆け寄る。

『ただいまー。里帰りしましたぁー』

子狸は大喜びでぴょんぴょん跳ねている。集まってきた狸は大きくて、野性味あふれる眷属ばかりだ。こうしてみると子狸が可愛く見える。いずれ一人前になったら、強面《こわもて》の狸になるのだろうかと寂しく感じた。

慶次は有生と一緒に本殿で手を合わせた。心の中で子狸を借りていることを伝え、ご挨拶が遅れて申し訳ありませんと謝る。

『よく来てくれました』

本殿にいた神様は、とても優しい女神だった。慶次が失礼したことなど気にも留めず、にこにこしている。慶次はいっぺんでここの神様が好きになった。

『待針《まちばり》のこと、よろしく頼みます。そなたのもとで、修行させてやって下さい』

柳森神社の神様に頼まれ、慶次は「もちろんです！」と誓った。

『ところで、そこの川に何かよくないものが棲《す》みついたようなので、よそに行くよう説得してはくれまいか？』

神様に頼まれ、慶次は神社の横に神田川が流れていたのを思い出した。そちらも分かったと答えておく。

本殿を離れると、有生も同じ頼みをされたようで、「行こうか」と言われる。有生は神様からの頼みは素直に聞くようだ。

『おいらも行きますぅ』

子狸は神様の頼みとあって、張り切って慶次の中に戻ってくる。

川の様子を見るために、繁華街への通り道になっている橋に立って神田川を覗《のぞ》き込んだ。神田川はお世辞にも綺麗な川とは言えない。下に降りるのは無理そうなので、橋から様子を窺《うかが》った。神社から少し離れた川上の辺りに、黒っぽいものが泳いでいる。

「有生、あれかな？」

慶次は目を凝《こ》らして泳いでいる黒いものを指さした。

「みたいだね。ナマズの妖怪だよ」

有生はあっさりと正体を見抜く。慶次には黒っぽいものとしか見えないが、有生曰《いわ》くナマズの妖怪らしい。ナマズの妖怪とはどんなものだろう。想像してみたが、ナマズ自体を見たことがないので何も浮かばなかった。

「ここから呼びかけて、会話できるかな？」

慶次がそう呟くと、子狸がぴょんと宙に浮かんだ。

『おいらが行ってきます！』

子狸はやる気満々で、許可もしていないのにすーっと川のほうへ降りていく。

「あーらら。子狸ちゃん、食われないといいけど」

有生が鼻で笑うので、慶次は欄干《らんかん》に身を乗り出した。

「そ、そんな危険もあるのか!?」

ナマズの妖怪を侮《あなど》っていたので、急に不安になってきた。子狸に帰ってこいと言ったが、ぜんぜんこっちを見ない。

子狸は川の上に浮かんで、川底を覗き込んでいる。

『あのー、ナマズさん。ナマズさーん、ナマズさぁぁあああん』

子狸は一生懸命ナマズの妖怪に呼びかけている。ハラハラして見ていると、突然水面に飛沫が上がり、一メートルはあろうかという大きな黒い軟体生物が浮かび上がってきた。慶次の目には黒い影にヒゲっぽい輪郭《りんかく》があることくらいしか分からないが、全体的な形はナマズっぽい。

『ひいいい、そんな怒らないでくださぁいー』

子狸は怯えたようにナマズの妖怪から飛びのく。慶次には聞こえないが、ナマズの妖怪が怒って何か言っているらしい。

「な、なんて言ってるんだ?」

有生に肘をつんつんして尋《たず》ねると、面倒くさそうにため息をこぼす。

「なんじゃ、こわっぱが、みたいなこと言って怒ってる」

有生の通訳で、子狸の身がいっそう危険に思えてきた。ナマズの妖怪は威嚇《いかく》するように子狸に迫っている。

『ひゃああ。あ、あのう、ここじゃなくて別のとこ行ってくれませんかですぅ。うちの神様が困ってますぅ』

子狸はナマズの妖怪に威嚇されつつも、必死にその場に留まり、要望を伝えている。怖がりの子狸が見せた勇気に慶次は感動した。

「そうだぞ、お前、別の川に行けよ！」

慶次は子狸と対峙《たいじ》している黒いものに向かって大声を張り上げた。通りすがりの人が不審そうな目で慶次を見ている。ふつうの人には妖怪など見えないから、今の慶次は川に向かって意味不明な言葉を叫ぶ変人だ。

『ご主人たまー、ナマズの妖怪が怒ってるのでやめてほしいですぅ。穏便《おんびん》に引っ越ししてもらいたいですぅ』

子狸は慶次の加勢が邪魔だったようで、うろんな目つきで言う。慶次は恥ずかしくなってうつむいた。また空回りしてしまった。

「ほんとーに慶ちゃんは説得が下手だよねぇ。そもそも声が聞こえないなら黙ってりゃいいのに。眷属の足を引っ張ってどーすんの」

有生に冷たい目で叱られ、慶次は身の置き所がなくなった。黙って見守ろうと、慶次は子狸と黒い物体に目を向けた。

『そんなぁ、困りますぅ。おいらだって、がんばって……だってそれは……、……そ、そんなぁ、えーっ、そんなこと言われても……』

子狸は長々とナマズの妖怪と話していた。慶次は心配で片時も目を離さずにいたが、有生は五分ほど過ぎると飽きたのか、スマホでゲームを始めてしまう。説得が始まり三十分、子狸はしょげた様子で慶次の元に戻ってくる。

『絶対ここをどかないって言われちゃいましたぁ。ご主人たま、どうしましょう？　おいら、いい考えが浮かびません。おいらの武器じゃ、あのナマズの妖怪は倒せないですぅ』

子狸はナマズの妖怪の説得に失敗したようだ。助けを乞うように有生を見たが、ゲームに夢中だ。

「有生、ちょっと助けてくれよ。聞いてたんだろ？」

有生の身体を揺さぶり、切実な眼差《まなざ》しを送る。

「慶ちゃんたちに任せるって神様には言ってあるから」

ゲームをしながらさらりと言われ、慶次は困り果てた。頼まれたからにはやり遂《と》げたいが、ナマズの妖怪をどかす方法が見つからない。

「なんで、そんなにここにこだわるんだよ？　どぶ川に見えるけど。俺の家の近くの川はもっと綺麗だぞ。あいつ、そもそもどっから来たんだ？」

慶次は子狸にもう一回聞いてみてくれと発破《はっぱ》をかけた。子狸は気が向かない様子ながらも、再びナマズの妖怪のところへ行く。

『あのー、どっから来たんですかぁ？　元いた場所に戻ってほしいですぅ』

子狸が再び説得しかけた時だ。みしみし、という嫌な音がして、橋が揺れた。地震かとびっくりして欄干にしがみつくと、子狸と向かい合っていたナマズの妖怪がどったんばったん暴れている。

「わっ、地震!?」

通りすがりの男女がびっくりして抱き合っている。地震ではなく、ナマズの妖怪の仕業《しわざ》だと慶次は気づいた。ナマズの妖怪は子狸に身体をぶつける。その衝撃で、子狸が宙に飛ばされる。

「子狸!」

飛んできた子狸を受け取ると、目を回して意識を失っている。実体がないのにこんな状態になるなんて、あのナマズの妖怪、かなり強い。

「あーあ。逆鱗《げきりん》に触れたみたいよ。ちょっと退散しよう」

それまで呑気《のんき》にゲームをしていた有生が、慶次の襟首を摑んで橋から離れる。大通りに出ると、どこも揺れていない。

慶次たちは柳森神社に戻った。子狸は神様の光を浴びてすぐに意識を取り戻した。ナマズの妖怪を説得できなかったことに気落ちしているようだ。神様と話す子狸は意気消沈《しょうちん》している。あんなにやる気満々だった子狸が落ち込む姿は、自分に重なって見えて胸が痛かった。子狸が半人前なのは、慶次自身が半人前のせいだ。子狸に申し訳なくて、涙が滲《にじ》んできた。

「目にゴミでも入ったの?」

有生にいぶかしげに聞かれ、うるさいなぁと慶次は背中を向けた。慶次の繊細な心なんて、有生には分からないのだ。

「とりあえず飯《めし》でも食いに行く？　カレー食いたい」

有生はナマズの妖怪のことなどどうでもいいのか、近くの店をスマホで検索している。緊張感のかけらもない有生に腹は立ったが、カレーと聞いて慶次も食べたくなった。

柳森神社を出てカレー屋に行こうとすると、ふいに有生の表情が変わる。何かに勘《かん》づいたように立ち止まり、先ほどまでいた橋を睨《にら》みつける。

「どうしたんだよ、有生」

有生の身体が強張っているのに気づき、慶次は首をかしげた。

有生が睨みつけているほうを見ると、橋から一人の青年が下りてきた。その顔を見て、びっくりする。

達也の元家庭教師と偽《いつわ》っていた涼真だ。

「こんにちは。また会えるなんて、縁がありますね」

涼真は涼しげな表情で言う。なんでまたこいつが現れたのだと、慶次は身構えた。涼真は笑みを絶やさずに慶次たちに近づいてくる。

「なんてね。実はそこの川に置いといた連絡係から知らされて来たんです。そこのナマズの妖怪にちょっかい出してたでしょ。そういうのやめてくれませんかね。もう少し育ってきたら使いたいと思ってるんで」

涼真の口からナマズの妖怪のことが出てきて、慶次は胸がざわついた。達也を妖魔にしようとした男だ。ナマズの妖怪をどうするつもりか、問い質《ただ》さなければならない。

「おい、てめぇ！　よくも家庭教師なんて、騙《だま》してくれたな！　それに俺に変なゴミをくっつけただろ！　ナマズの妖怪をどうするつもりだよ!!」

慶次は騙された怒りが湧いてきて、大声で迫った。それまで有生ばかり見ていた涼真が、慶次の存在に気づいたように視線を向けてくる。

「ああ……。君か。っていうか、僕も聞きたいなぁ。なんで有生さんは、こんなガキと一緒にいるんです？　ぜんぜん力もないみたいだし、不釣り合いすぎでしょ。研修中とか、指導中とか、そういうの？」

涼真は馬鹿にしたような目つきで慶次を貶《おとし》める。

「誰が研修中だ！　俺はれっきとした討魔師《とうまし》だ！」

真っ赤になって怒鳴り返すと、涼真が侮蔑的《ぶべつてき》な笑みを浮かべる。この男――ちょっと有生と似ている。人を馬鹿にした笑いをするし、明らかに慶次のことを人間以下という目で見ている。

唯一違う点は、有生は眷属を憑けて、涼真は妖魔を従えているところだ。それだけの点なのだが、慶次には大きな違いに思えた。

「へー。最近の弐式家《にしきけ》は、人材不足なのかな。こんなのまで討魔師になれるなんて」

涼真が呆《あき》れたように呟く。

「なんだと……っ」

頭に血が上って、慶次は拳《こぶし》を握る。

「君は……」

それまで余裕のある態度だった涼真の顔がふっと険しくなり、慶次たちから身を引いた。涼真は怯えたように有生を見上げ、しきりにうなじを掻いた。

「……怖いなぁ、ホント有生さんは。噂には聞いてたけど、こういうことできちゃうんだ」

涼真はうなじを押さえながら、じりじりと後退する。何が起きているか分からなくて、慶次は有生と涼真を交互に見た。有生は無表情で涼真をじっと見ているだけだが、ひそかに攻撃しているのが分かった。有生がまとう『氣《き》』が、ひどく濃くなったからだ。

以前、有生は相手の弱い部分が視《み》えると言っていた。そこを攻撃するイメージを浮かべると、相手が怯えると。ひょっとして涼真はうなじが弱い部分なのだろうか。

「出直しますよ、有生さんを怒らせたいわけじゃないですからね。むしろ僕たちは、有生さんと仲良くしたい。あなたはこっちのほうが向いていると思うんだけどな」

涼真は有生と距離を取って、ぬけぬけと言う。

「おいこら！　お前らがろくでもない集団だって知ってるぞ、有生に変な勧誘するなっ」

聞き捨てならなくて、慶次は声を張り上げた。通行人が喧嘩《けんか》かと慶次たちを振り返る。

「山科《やましな》慶次君。またね」

涼真はそう言うなり背中を向けて去っていった。追いかけようとしたが、有生の腕に止められ

た。有生は気に食わないという顔つきで涼真の背中を見ている。

「……有生、今、何したんだ？　あいつに」

慶次が気になって聞くと、有生は肩をすくめる。有生がまとっていた濃密な『氣』は消えている。

「錆《さ》びたのこぎりで、あいつの首を後ろからギコギコ斬るイメージを送った。小さい頃、背後から襲われた記憶があったみたいだから」

しれっと有生が言う。想像だけでも変な声が上がりそうだ。他人のトラウマを平気で攻撃するのが有生なのだ。

「あれ。もしかして、俺が馬鹿にされてたから、仕返ししてくれたとか？」

慶次は冗談のつもりで口にした。すると意外にも有生が頷く。

「うん。慶ちゃんを虐《いじ》めていいのは俺だけだからね」

冗談を肯定され、慶次は顔を引き攣《つ》らせた。言うに事欠いて、なんだそれは。

「そんじゃ、カレー食いに行くか？」

変な邪魔が入ったが、改めてカレー屋に行こうとすると、有生が何故か橋に向かう。

「どうしたんだよ」

「カレーはまた今度」

有生はそっけなく言い捨てると、橋の欄干に乗り出し、川底で蠢《うごめ》く黒いナマズの妖怪に目を落とした。すると、有生の中から白狐が出てきて、黒いナマズの妖怪に近づく。白狐が出てきたとたん、周囲がぱぁっと明るくなり、清浄な気に包まれた。黒いナマズの妖怪も、白狐の出現におののくように後退する。

『お主、奴らに目をつけられているぞ。早々に立ち去るがよい』

白狐は凜《りん》とした声で黒い物体に言う。白狐はナマズの妖怪と話している。子狸には追い払うような態度だったナマズの妖怪も、白狐の前では低姿勢だ。

「な、なんて言ってるんだ？」

慶次は子狸に問いかけた。

『あのナマズの妖怪、行くところがないって言ってますぅ。前にいた場所は、埋め立て地になっちゃって、帰れないって。さっきあんなに怒ったのは、その悲しみのせいだったみたいですぅ。おいら、まだまだ修行が足りないです……』

子狸は通訳をする。ナマズの妖怪がこんな場所に流れ着いたのは、人間の都合によるものだったのか。急に哀れに見えてきて、慶次はしんみりした。妖怪は年々減っていると聞いたことがある。自然がなくなり、棲む場所がなくなったせいだ。

『このままだとナマズの妖怪さんは、妖魔になってしまうかもですぅ。おいら、神様になんとかしてもらえないか、聞いてみます！』

子狸は意を決したように、柳森神社に飛んでいった。神様にここに棲む許可でももらいに行ったのかもしれない。

『ご主人たまー』

戻ってきた子狸は、笑顔でぴょんぴょんと跳ねていた。

『神様が、ナマズの妖怪さんに、自分のとこで修行するかって。もしそれが叶うなら、いいことずくめですぅ』

子狸は早口でまくしたてると、白狐とナマズの妖怪のもとに神様のメッセージを届けに行った。しばらく三体で話し合っている雰囲気があり、笑顔で子狸が戻ってくる。

『ご主人たま、やりましたぁ！　ナマズの妖怪が柳森神社で修行するそうですぅ。これで全部丸く収まりましたぁ!!』

どうやら万事上手《うま》く行ったようだ。慶次には子狸の声と白狐の声しか聞こえなかったが、説得に応じてくれたということだろう。それだけ涼真たちの集団に目をつけられると厄介だということだろうか。一体彼らは何者だろう？　妖怪を見つけて妖魔にしようとしたり、人間を妖魔に変えようとしたり、やっていることは危険な行為だ。

川底を見ていると、白狐が黒い物体を銜《くわ》えて柳森神社に運んでいくのが見えた。さすがに子狸にはあれは無理だ。

「あいつ、どういう顔してたの？」

最後まで慶次には黒い物体にしか見えなかったので、小声で有生に尋《たず》ねた。有生は「中東の怪しい壺《つぼ》売りのおじさんみたいな顔」と教えてくれる。

それにしても、有生が動けばこんなに早く物事が片付いた。もっと早く動いてくれよと思う一方、こんなことすら自分一人では片付けられないのかと悔しい思いでいっぱいだ。

「じゃ、今度こそ、カレーを食いに……」

慶次がそう言いかけると、有生がポケットから車のキーを取り出す。

「いや、もう帰る」

有生は有無を言わさず、歩き出す。

ぽかんとして慶次は、しばし固まった。


帰るというのは赤坂《あかさか》のマンションではなかった。

有生は高速に乗り、高知に向かって車を飛ばしたのだ。途中のサービスエリアで食べ損ねたカレーを食べたが、ナンが食べたかったので、なくてがっかりだ。それにしてもどうして有生は急に帰る気になったのだろう。何度か聞いたが、適当な答えしか返ってこない。

道が混んでいたのもあって、高知の弐式家の門をくぐった時には、真夜中になっていた。慶次としては和歌山の実家に戻るつもりだったので、有生の家に無理やり連れて来られて納得がいかない。

（まぁ巫女様に報告したら、帰ればいいか）

着いた時は呑気にそう考えていた。

真夜中の弐式家は庭園に備えつけられた街灯のみで薄暗かったが、眷属に守られているせいか怖くなかった。不思議なことに一人で行くと有生の離れまでかなり距離があるのだが、車を降りて有生と行くとわずかな時間で辿り着く。ひょっとしてここには術がかけられているのかもしれない。

有生は自分の家に戻ると、運転で疲れたと言って奥に引っ込んでしまった。連れ込んだのなら寝床を教えてくれるくらいの面倒は見てほしいものだ。仕方なく空いている和室を借りようとすると、緋袴《ひばかま》の女性がやってきて、慶次を別の部屋に案内する。客室らしき部屋にはすでに布団が敷かれ、浴衣《ゆかた》が置かれている。

慶次はありがたく浴衣に着替え、布団に潜《もぐ》った。有生の家の狐の使用人にもだいぶ慣れてきて、顔の違いも分かるようになってきた。狐の使用人は白狐のために働いているらしいが、そつのない態度は人間そのものだ。

ぐっすり睡眠を取った翌日、慶次は昼時に目を覚ました。いつも七時には目覚める慶次が、ひどい寝坊だ。

「有生？」

着替えをして有生を探すと、障子《しょうじ》越しに有生らしき影を見つけた。障子をからりと開けると、有生は縁側に寝転んで難しい顔で庭を見ていた。有生は作務衣《さむえ》姿だ。居間には二人分の食事の用意ができているので、慶次は横目でそれを見つつ、有生に声をかけた。

「有生、この飯食うぞ。っつか、お前食べてないじゃん」

テーブルに並んでいる食事は、誰も手をつけていない。有生以外の人間を離れで見ていないので、これは慶次と有生の分だろう。

「食べ終わったら、巫女様に報告して、そんで俺帰るから」

縁側に立って慶次が言うと、有生がちらりと見てくる。五月間近とはいえまだ少し寒い。ぶるりと首をすくめて、部屋に戻ろうとした。

「駄目」

有生がぼそりと呟いて、慶次は足を止めた。

「え、何が？　ごはん食っちゃ駄目なの？」

慶次が首をかしげると、有生が起き上がる。

「慶ちゃんはしばらく帰れないよ」

有生は慶次を通り越して、テーブルにつく。慶次はきょとんとした顔で有生の向かいに座った。緋袴の女性がやってきて、白飯と湯気の立った吸い物を慶次たちの前に置く。有生が何を言っているか分からないが、慶次は気にするのをやめて食事にありついた。山菜や煮物といった身体に優しい食べ物だ。腹が減っていたので、慶次はおかわりしてたらふく食べた。

食後のお茶を飲んで、一息つくと、巫女様に挨拶に行くために着替えようとした。

「あれ？」

自分のバッグがどこにも見当たらない。昨夜車から運んできたのは覚えているのだが、客間にもない。

「有生。俺のバッグ知らない？」

居間にあるのだろうかときょろきょろしつつ、慶次は有生に尋ねた。

有生は無言でお茶をすすっている。——その顔を見て、ピンときた。

「有生！　お、俺のバッグを隠したな!?　てっめー、どこだよ！　返しやがれ!!」

すっとぼけた顔をしているが、有生がバッグを隠したのは明白だ。慶次は有生の肩を揺さぶって、バッグを取り戻そうとした。有生は抵抗するでもなく慶次に揺さぶられている。

「こらぁっ、帰れないってそういう意味かよ！　卑怯《ひきょう》だぞ、有生っ。財布も入ってたんだからな！」

慶次のバッグには着替えだけでなく、財布やスマホも入っていた。バッグがなければ帰れない。小銭すらない状態だ。

慶次が怒り心頭なのに、有生はなんの反応もない。少しは言い返してくると思っていたので、反応のない有生は不気味だった。返す意思はないらしい。どうしてこんな真似をするのか分からなくて、慶次はイライラして有生を突き飛ばした。

こうなったら巫女様に頼むしかない。

浴衣姿のまま出て行こうとすると、「慶ちゃん」と有生の声が引き止める。振り返った慶次に、有生は金属製のケースを手渡してきた。呪具に使われた石をしまったケースだ。

「これもついでに渡してきて」

そう言うなり、有生は部屋の奥に引っ込む。

慶次は苛立ちを抑え切れず、乱暴な足取りで離れを出た。子狸は呪具の入ったケースに『ぞぞぞーですぅ』と背中を震わせている。

「くっそー、あの野郎。どうして俺のバッグを隠すんだよ。嫌がらせか？　俺の金が目当て……なわけはないいな」

道に茂った草木を掻き分け、慶次は毒づいた。自分の財布が目当てのはずはないだろう。慶次の財布には自宅までの運賃くらいしか入っていない。金持ちの有生にとっては、はした金だ。

「子狸、俺のバッグがどこにあるのか分からないか？」

慶次は思いついて子狸に聞いてみた。子狸にになら隠し場所が分かるかもしれない。

『うーん。白狐様の術がかかってて、おいらには分かんないですぅ。白狐様が隠したみたいですけど』

子狸の答えに慶次は驚いて足を止めた。

てっきり有生の嫌がらせだと思ったのに、白狐が関わっているというのか。何故白狐がそんな真似をするのか謎で、慶次は首をかしげた。

五分ほどで母屋《おもや》の玄関前に着いて、慶次はおずおずと三和土《たたき》に立った。ちゃんとした格好で来るつもりが、こんな浴衣姿でここに来ようとは。

「慶次君か」

いつものように使用人が来るのを待つつもりだったが、意外にも先に現れたのは有生の兄である弐式耀司《ようじ》だった。本家の長男で、いずれはこの家を継ぐ身だ。上背があり、肩幅も広く堂々とした佇《たたず》まいの人だ。今日は藍色《あいいろ》の着物を着ていて、さまになっていた。狼の眷属を憑けている、慶次の憧《あこが》れの人でもある。

「あ、耀司さん。お久しぶりです。こんな格好ですみません、これには理由が……」

慶次がぺこぺこしてしゃべり出すと、耀司の目がすぅっと細まる。

「何を持っているの？」

耀司の視線は慶次の手にあるケースに注がれている。さすが耀司はケース越しでもこれが危険なものだと察している。

「あ、これは今回の件で出てきた奴で……」

「俺が持とう」

くわしく説明しようとしたが、耀司が手を差し出してきた。慶次は素直にそれを渡した。

「中へ」

耀司に誘われ、慶次は奥へ進んだ。長い廊下を歩いていると、緋袴の巫女様がやってきた。巫女様は鋭い目つきで耀司の持っているケースを見る。

「嫌な気配を感じて来てみれば……くわしい話を聞こう」

巫女様は慶次を奥へ招いた。母屋は広いというのは知っていたが、今日招かれた場所は慶次が初めて入る場所だった。地下座敷だったのだ。母屋に地下室があったこと自体初めて知ったので、慶次は驚きを隠せなかった。

四方をふすまで覆われた部屋に入ると、巫女様がふすま一枚一枚に何か呪文を唱《とな》えていく。すべてのふすまに呪文をかけたとたん、ぴしっという奇妙な音が聞こえた。結界が張られた、という感じだ。

「報告を」

巫女様に言われ、慶次は達也に憑いていた妖魔の話をした。妖魔を有生が祓《はら》ったこと、それを作ったのが涼真という謎の男だということ。このケースには石が入っていて、呪具に使われたらしいこと。その男と柳森神社でも再会したこと。

一通り話し終えると、巫女様も耀司も難しい表情になる。

「あ、あのう、有生は妖魔を従える一族がいるって言ってましたけど……」

慶次は窺うように巫女様と耀司を見た。

「うむ……。井伊《いい》家という一族じゃ。これまでもたびたび噂は漏れ聞こえてきておる。我が一族の討魔師が井伊家の一族の妖魔に命を奪われたこともあるのだ。井伊家は我々を煙たがっておるからな。はっきりした証拠がないのでうやむやになってしまったが……」

慶次はびっくりして身体を硬くした。人間を妖魔にするなんて恐ろしい奴らだと思っていたが、事態は深刻なようだ。

「で、でも涼真って奴は有生を仲間にしたいような感じでしたけど……」

涼真の態度はどう見ても敵対する感じではなかった。有生に対し、思い入れがあるように見えた。

「そうか……。それもまた困ったことじゃ。有生にはこれまでも何度かそういった誘いがあったことは我らも心得ておる。本人に問い質しても、知らねーの一言で終わってしまうのじゃが。有生を井伊家に引きずり込まれるようなことがあったら、事だ。白狐が有生から離れる分には構わないが、眷属を奪われるということもないわけではない」

「えっ、まさか！」

慶次はありえないという目で巫女様を見返した。

「有生の白狐はすごい力を持っているし、無理でしょ？」

井伊家にどれだけの力があるか分からないが、そんなこと不可能だ。そう主張する慶次に、耀司がため息をこぼす。

「そうだな、有生の白狐を無理やり拘束するのは無理だろう。有生の手助けがあれば、別だが……」

耀司の言い方では、有生が手助けすれば、白狐も拘束できるみたいだ。

「現に一人、眷属を奪われた者がおるのだ。それほど力のある討魔師ではなかったのじゃが、井伊家にそそのかされてのう……。幸い、眷属自体は取り戻せたが、その討魔師はその後二度と眷属を憑けること叶わなかった」

巫女様が過去を振り返り、苦渋の表情になる。

「真名《まな》を知るということは、それだけ重要なことなのだ」

耀司に低い声で言われ、慶次も気を引き締めた。眷属の真名を知ると、その真名で相手を縛ることができる。有生が手助けすれば、白狐も意のままにできるということなのだ。

「有生はそんなことしねーって!!」

気がついたら慶次は大声でそう叫んでいた。

巫女様と耀司が目を丸くして慶次を見る。

「有生はそりゃムカつくし、陰険で、人を馬鹿にしてるし、ぜんぜん優しくないし、自分勝手で腹が立つことばっかりだけど、でも有生は白狐をそんなことに使わない！　涼真って奴と有生は確かに似てたけど、有生は白狐を大切にしてるよ！　その点だけは、ぜってー大丈夫だっ!!」

慶次は断固として言った。言い切った後で少しは有生のいいところも言うべきだったかと反省したが、出てこなかったのだから仕方ない。

「ふ……」

耀司が頬を弛《ゆる》めて笑った。子どもを見るような目だったので、慶次は赤くなって唇を結んだ。やはりもう少し理路整然と話すべきだったろうか。

「君の目には有生はそう見えているのか」

耀司は心なしか嬉しそうだ。

「我らの懸念《けねん》は不要ということかな」

巫女様も笑っている。

有生は家族の中でも異質な存在らしい。巫女様と耀司は有生に近い身内なのに、それでも不安に思うくらい有生には闇の部分があるのだ。有生と会うと、人はたいてい目を逸《そ》らすか怯えて距離を取る。有生の持つ負の気に居心地が悪くなる。それは家族の間でも同じで、だからこそ二人は井伊家に有生が連れて行かれないか心配している。

「君がいれば、有生は大丈夫だな。慶次君、これからもあいつのことよろしく頼むよ」

耀司に肩を叩かれ、慶次はへどもどして視線を泳がせた。つい有生のことをかばってしまったが、今、自分は有生に怒っているのだった。

「あ、いや、その、っていうかあいつマジでひどいんです。俺のバッグ隠したんです。あれがないとうちに帰れないんで、叱ってやってくれませんか？」

耀司と巫女様なら、隠されたバッグを探してくれるかもしれない。そう思って慶次が頼むと、何故か二人は目を見交わし合う。

「慶次君。たまにはゆっくりしていきなさい」

「そうじゃ、慶次。しばらくここで討魔師として訓練でもするがよい。お主の親御さんにはこちらから連絡しておくでな」

耀司も巫女様も嘘くさい笑顔だ。バッグを探してくれると期待したのに、二人とも関わり合いになるのを恐れてか、協力してくれない。

「えーっ、そんな……」

巫女様と耀司の助けもないし、子狸は場所が分からないときている。まさに八方ふさがりだ。

「さて我らはこの呪具を浄化せねばな。ご苦労じゃった。慶次、もう行ってよいぞ」

巫女様はケースを真ん中に置いて、慶次を追い出す。どうやって浄化するか見たかったのだが、危険だといって見せてもらえなかった。

慶次はぶつぶつ文句を言いながら階段を上がっていった。

いつ帰してくれるのだろう。

せめてスマホだけでも返してもらいたいと呟きつつ、慶次はため息をこぼした。

本家の離れでの生活が始まった。

有生にまた襲われるのではという不安があったのだが、それは杞憂《きゆう》だった。何しろ次の日から有生はどこかに出かけたきり帰ってこなくなったのだ。この隙にバッグを探そうと部屋を片っ端から調べたのだが、どこにもない。緋袴の女性に何度もバッグのありかを尋ねたが、口をそろえて「存じ上げません」とあしらわれる。どんな術を使ったか知らないが、バッグ一つをこんなに完璧に隠せるものなのだろうか。

食事はきちんと三食出てくるし、緋袴の女性が碁《ご》や将棋をしましょうと誘ってくるので、退屈することもなく悪くない待遇とは思うが、慶次の意思を無視しているのが納得いかない。

「困ったなぁ……。くっそー、有生、どこに行きやがった」

有生に対する愚痴《ぐち》は増えるばかりだ。

バッグを返せ、返せと毎日呟いていたせいか、一週間が過ぎた頃、布団の傍《そば》にバッグが置かれていた。嬉々《きき》として中を開けると、衣類は入っているが、財布とスマホがない。本気で白狐が自分を帰す気がないと知り、慶次は諦めがついた。

浴衣も悪くはないが、やはりトレーナーとジーンズが一番しっくりくる。せめて鍛錬《たんれん》に励もうと、慶次は巫女様に裏山に登る許可をもらいに行った。

使用人から巫女様は禊場《みそぎば》にいると聞かされ、小走りで行く。屋敷の裏手に赤い鳥居があり、そこをくぐると小川が流れている。目の前には弐式家が所有する山があるのだが、去年の討魔師の試験はそこで行われた。慶次にとっては思い出深い場所だ。

巫女様は小川のところで誰かと話していた。パーカを着た少年だ。

「巫女様」

近づくと、巫女様と少年が振り返る。少年は目のぱっちりした色白の男の子だった。中学生くらいだろうか。さらさらの髪に桜色の唇で、中性的な雰囲気を持っている。

「慶次か」

巫女様が慶次を見て鷹揚《おうよう》に頷く。慶次はこの少年は誰だろうと首をかしげた。

「あっは、慶ちゃん、俺だよ。瑞人《みずと》だよ」

少年はあっけらかんとした顔で笑う。瑞人は弐式家の末っ子、有生の弟だ。確か今年十四歳だと思うが、慶次の知っている瑞人の顔とかなり違うので度肝を抜かれた。

瑞人は生まれつき肌が弱く、いつも顔や手足に包帯をぐるぐる巻いていた。日光に当たると身体に異常が起こるそうで、ほとんど外に出ていなかったのだ。そういえば顔をよく知らなかったと思い出し、改めて驚いた。瑞人は美少年そのものだ。

「み、瑞人か……？　肌、大丈夫なのか？」

瑞人とは数えるくらいしか会ったことがなく、慶次はまじまじと見つめた。

「瑞人はわけありでな。十三歳まで表に出られぬ呪いがかかっておったのじゃ。それもどうにか抜けて、今は自由の身じゃ」

　巫女様に説明され、瑞人ははしゃぎながら敬礼している。

「一週間前、晴れて自由の身になりましたぁ！　慶ちゃんってあれでしょ、有生兄ちゃんのお気にでしょ？　噂には聞いてるよぉ」

　瑞人はケラケラ笑いながら慶次の肩をバンバン叩く。やけに馴《な》れ馴《な》れしい。一応自分のほうが年上なのだが、本家の末っ子とあって自由奔放《ほんぽう》だ。

「お気にじゃねーし。変な噂、流すなよ」

　ムッとして慶次が言い返すと、「またまたぁ」と瑞人は馬鹿笑いしている。見た目は美少年なのに、笑ってばかりでアホっぽく見える。慶次は関わり合いになるのはやめようと思って、巫女様に向き直った。

「巫女様、山で鍛錬したいんだけど」

　山を走るのは足腰の訓練になる。慶次のそんな申し出に巫女様は快く頷いてくれた。——のはいいのだが、何故か瑞人が勢いよく手を上げてきた。

「はいっ、僕も行く！　行くったら行くよー!!」

　瑞人は意気揚々《いきようよう》と言う。慶次が戸惑っていると、巫女様がため息をこぼし、申し訳なさそうな顔で慶次を見た。

「すまぬのう。瑞人もつき合わせてやってくれぬか。自由になって、箍《たが》が外れておるのじゃ。何もかもが楽しいらしくてのう」

長い間不遇な時代を過ごしてきたのだから当然だ。慶次は瑞人に同情し、いいよと答えた。瑞人は目の辺りでピースサインを作って「よろぴく」とウインクする。

（なんかこいつのノリついていけねーな……。いやいや、年下なんだから、俺が助けてやらないと！）

はしゃいでいる瑞人を見ていると気分は萎《な》えたが、気を取り直して登山に励むことにした。

「慶ちゃん、早くぅ。僕を捕まえてごらん」

瑞人はきゃぴきゃぴした感じで走り出す。なんで末っ子がこんな性格になったのだろうといぶかしがりながら、慶次は瑞人を追いかけた。


裏山の登山は、結果的にいい訓練になった。

何しろ山を登り始めて五分で瑞人が疲れて歩けなくなり、その後慶次が背負う羽目になったからだ。長い間引きこもっていただけあって、瑞人は足腰が弱い。同世代の女の子より、ひ弱だろう。本家の末っ子なのだし、何かすごい力が……と思ったのは見当違いで、まだ眷属も憑けていないし、非力で、顔が綺麗という以外はふつうの少年だった。

「ぶはぁっ、久々、筋肉使ったぁ」

頂上に立つ頃には、慶次は汗びっしょりだった。瑞人は楽をしたおかげで山の景色を楽しんでいる。

「すごーい。僕、この山の頂上に来たの初めて！　慶ちゃん、サンキューでーす！」

瑞人は楽しそうに写メを撮っている。慶次は岩場に腰を下ろし、持ってきた水をがぶ飲みした。

今日は天気もよく、すっきりとした青空で下界が見渡せる。土佐湾《とさわん》は穏やかな様子だ。

「瑞人って、学校行ってるのか？」

慶次は気になって問いかけた。

「行ってるよぉ。僕、皆に天然って言われてる。人間にも天然と養殖がいたなんて、初めて知ったよぉ。ずっと家庭教師に習うだけだったから、学校楽しいんだー」

瑞人は自分が撮った写真を見ながら言う。かなりのぼけっぷりだ。この性格なら嫌われることはないだろうと慶次も安心した。

「ねぇねぇ、慶ちゃん。ところで有生兄ちゃんとはヤったの？」

スマホから顔を上げた瑞人にとんでもないことを聞かれ、慶次は飲んでいた水を噴き出した。

「ばっ、馬鹿っ、馬鹿っ、何を言ってんだ、お前は！」

慶次が真っ赤になって怒鳴ると、瑞人が「くふふ」と思わせぶりな笑みを漏らす。

「だって、有生兄ちゃんが慶ちゃんだけ特別なのは、そういうわけでしょー。ねぇねぇ、男同士ってどうやるの？　有生兄ちゃんってねちっこそう。やっぱり慶ちゃんが女役なの？　ねぇ、ねぇってば」

瑞人は恥ずかしげもなく質問責めにしてくる。慶次は瑞人に背中を向け、腕組みをした。

「お、お、俺はあいつの相棒であって、そういう関係じゃねーし！」

認めるわけにはいかなくて、慶次はそう言い切った。実際身体の関係を持ってしまったが、有生は恋人ではない。

「えー。しらばっくれちゃってぇ。そんじゃ、眷属に聞こうっと。えーと」

瑞人が慶次の腹辺りを覗き込む。ふっと瑞人の目の色が青く光ったように見えて、慶次は戸惑った。

「ま、ち……ばり……。待針っていうんだ、慶ちゃんの眷属」

瑞人の声と共に、子狸がぽんと宙に浮かんでくる。子狸も驚いているが、慶次も驚きを隠せなかった。慶次は断じて子狸の真名を口にしていない。それなのに、瑞人は言い当てたのだ。

「お、お、お前っ、なんで!?」

慶次は瑞人から離れて身構えた。子狸は『ひいい、ひいいー』とゴムボールみたいに跳ねている。

「あ、ごめーん。ばあちゃんからやっちゃいけないって言われてたんだっけ。僕、眷属の真名を読み取れるの。っていっても、すごい力のある眷属は無理だけどね。耀司兄貴とか有生兄ちゃんの眷属とかガードが固すぎて、ぜんぜん読めない」

瑞人はさらりと言っているが、その恐ろしさに慶次は冷や汗を垂らした。やはり本家の末っ子だけあって、只者《ただもの》ではなかった。眷属の真名が読めるということは、眷属を思い通りにできるということではないか。それはとても危険なことだ——。

「ごめん、ごめん。許ぴて。やーん、慶ちゃん、怒っちゃやだー」

瑞人は慶次の顔色が変わったので、おどけて謝っている。

「……お前、マジでそれ、他の人にやっちゃ駄目だぞ。すげー嫌われるから」

悪気はなかったのかもしれないと慶次は表情を弛めた。嫌われると聞き、瑞人も「絶対やだー」と深く反省している。

「っていうか真名を読み取れるなら、眷属憑けりゃいいじゃん。俺は知らないけど、有生とか儀式の前に契約したんだろ?」

気を取り直して聞くと、瑞人はぶーぶーと口を尖らせる。

「だって僕が読めるのはランクの低い眷属なんだもん。やっぱ兄貴たちみたいに、つよーい眷属が欲しいじゃん? だから儀式の日まで待つことにしてるの」

瑞人は当然のように言う。

『ランクの低い眷属……』

子狸はどよーんと落ち込んでいる。

先ほどから妙に感じている違和感——瑞人は一見明るくていい子に見えるが、長い間引きこもっていただけあって、他人とのコミュニケーション能力が圧倒的に不足している。有生とは別の意味で嫌な感じだ。

「それでぇ？　有生兄ちゃんとはどこまでの関係なの？　子狸ちゃん、教えてよぉ。有生兄ちゃんに遊ばれてるとかぁ？　っていうか有生兄ちゃんの好みが慶ちゃんみたいなのだったなんてびっくりだよぉ。僕ずっと有生兄ちゃんは慶ちゃんみたいなの嫌いだと思ってたのに」

瑞人は子狸を覗き込んで失礼なことを言っている。

『ご主人たまたちはラブラブですぅ！　おいらが保証しますですぅ！』

子狸は慶次をかばおうとしてか、余計な発言をしている。

「子狸、やめろって！　俺と有生は無関係！　赤の他人！　まぁ、親戚だから他人ではないけど……ともかくラブラブなんかじゃねーし！」

子狸の口をふさごうと慶次があたふたしていると、瑞人がきゃーきゃー騒いでいる。

「マジでラブラブなんだぁ！　あの有生兄ちゃんが！　今も慶ちゃんは有生兄ちゃんの帰りを待ってるのぉ!?」

慶次はムッとして瑞人を睨んだ。

「誰が帰りなんか待つか！　俺はあいつに財布とスマホを隠されて、帰れないだけだ！」

慶次が声を張り上げると、瑞人が目を丸くする。

「財布とスマホ……？」

「そ、そうだよ。どこにあるのか分からなくて困ってる。白狐も片棒担いでんだよなぁ」

情けない声で言うと、瑞人の目が突然ウルウルし始めた。

「可哀想《かわいそう》！　スマホを隠されるなんて!!」

瑞人は泣きそうな顔で慶次の手を握る。その感情の変化についていけずまごついていると、瑞人が苦しそうに胸を押さえた。

「僕のスマホが隠されたらって……考えるだけで苦しいよ。有生兄ちゃんはなんてひどいことをするんだ」

瑞人にとってスマホは命と同じくらい大事なものらしい。慶次としてはスマホはどうでもよくて、財布を返してほしいのだが。

「慶ちゃん、僕が見つけてあげる」

瑞人がきらきらした目で慶次を見つめる。

「は？」

「僕、そういうの得意なんだ。慶ちゃんのスマホ、見つけてみせるね。ちょっと時間はかかるかもしれないけど……任せて」

瑞人は含み笑いをして慶次に抱きつく。なんだか怪しい奴だが、スマホを見つけ出せるなら財布も見つけ出せるだろう。

あまり期待はせずに待っていようと、慶次はその話を受け流した。


瑞人と山登りをした夜、久しぶりに有生が帰宅した。慶次が風呂から上がってバスタオルで身体を拭いていると、唐突に脱衣所の扉が開かれた。

「どわっ、って、有生!?」

有生は目の下にクマができていて、うろんな眼差しで慶次を見下ろす。黒いシャツに黒いズボンだったので、お化けでも入ってきたのかと思い変な声を上げてしまった。有生はじろりと慶次を睨み、長い腕を慶次の背中に回してくる。

「いい匂い……」

有生は慶次の首筋に鼻を押しつけ、慶次を抱き締めてきた。

「こ、こらっ、何するっ、離せっ」

まだ裸だった慶次は、焦《あせ》って有生の腹や足を蹴飛ばした。有生は有無を言わさず慶次のうなじを摑み、壁に追い詰めて唇を吸う。

「んぐうう」

無理やりキスされ、思い切り有生の腹に拳を当てた。すると、有生がずるりと腕を離す。そのまま有生が脱衣所の床に倒れてしまい、慶次は青ざめた。

「えっ、俺の拳にそんな力が……っ!?」

有生がグロッキーになるくらい殴ってしまったのかと焦ったが、緋袴の女性が数人やってきて、有生から衣服を剝いでいく。

「有生様には睡眠が必要です。湯浴《ゆあ》みしたのちに、寝かせます」

有生が倒れたのは慶次のパンチではなく、睡眠不足のせいらしい。緋袴の女性たちは裸にした有生を抱えて風呂に入っていく。慶次は呆気にとられてしばらくその場に突っ立っていたが、髪を乾かしてパジャマに着替えた。

有生は一週間の間、何をしていたのだろう。スマホと財布を返してもらうためにも、問い質さなければ。

いつものように敷かれた布団に潜り込み、慶次は数秒で眠りについた。瑞人を背負って山登りしたせいで、身体は疲労を感じていたようだ。

どれくらい経《た》っただろう。なめくじの大群に襲われた夢を見て、慶次は呻《うめ》き声を上げた。気持ち悪いはずなのに快感を覚える自分が嫌で、必死に逃れようとしたが、何故か身体が動かない。苦しげな声を上げて慶次は目を覚ました。

「あ、起きた」

寝ぼけ眼《まなこ》で顔を上げた慶次の上に、浴衣姿の有生がいた。慶次は一瞬で目が覚めて、叫び出しそうになった。薄暗い部屋の慶次の布団に、有生が入り込んでいる。しかも慶次のパジャマのズボンと下着は取り払われ、勃起した性器を有生に握られている。

「こ、こ、こらーっ!! 何してんだよ！」

パニックになって慶次が暴れると、有生が重なってきて、慶次の両腕をシーツに縫い止める。

「ぜんぜん気づかないから、逆に心配になったよ。どんな夢見てたの？ 可愛い声出してたけど」

有生は濡れた唇を舐めて言う。

「そんなんどうでもいいから、俺からどけ！ なんでお前は俺の意思を無視して、好き勝手にやるんだ！」

寝込みを襲われたことに腹を立て、慶次は目を吊り上げた。有生はじっと慶次の目を見つめ、額をくっつけてくる。

「慶ちゃん」

怖いくらい強い視線で見られて名前を呼ばれ、慶次はどきりとして固まった。

「な、なんだよ……」

腕を押さえつけられて身動きが取れない。有生の射すくめるような視線に囚《とら》われて、慶次はごくりと唾を呑み込んだ。

「俺、今すぐ慶ちゃんを抱かないと死んじゃう病気にかかった」

目が点になるようなセリフを有生が吐き、慶次は絶句した。

「俺が死んだら慶ちゃん困るでしょ。相棒いないと仕事できないしね」

有生はぬけぬけとそんなことを言う。

「は、はぁ……？　あのな、有生、言い訳するならもう少しマシなのを……」

有生の言い分に脱力して、慶次は顔を引き攣らせた。すると有生の唇がちゅっと慶次の唇に吸いついてくる。

「だからさぁ……」

慶次が嫌がって顔を背けると、有生の顔が追ってきて、頬やこめかみ、耳朶《じだ》にキスの雨を降らせてくる。慶次はどうにかして有生の下から這い出ようとするのだが、有生の大きな身体がのしかかっていて、なかなか出られない。自分の性器は勃起していて、身体が敏感になっているのもまずかった。顔中にキスされ、心地よくなってきてしまったのだ。

「慶ちゃん、舌出して」

至近距離で見つめられ、慶次は鼓動が跳ね上がって動揺した。理由は分からないが、先ほどから有生に見つめられると抵抗ができなくなっていく。きっと有生が何か術でもかけているに違いない。人を犯すために、力を使うなんてずるい奴だと慶次は腹を立てた。

「馬鹿言ってんじゃねー」

慶次がぷいと顔を背けると、有生が強引に唇を重ねてくる。有生の舌は慶次の閉じた唇の隙間をこじ開けてくる。ぎゅっと唇を結んでいたが、疲れて力を抜いた瞬間に舌を差し込まれた。有生の舌は慶次の歯を撫でる。その感触にびっくりして口を開けると、さらに奥まで入ってくる。

「んん、う、う……っ」

有生の舌で舌を嬲《なぶ》られ、慶次はどうしていいか分からず身悶《みもだ》えた。いっそ有生の舌を噛んでやろうかと考えたが、やったら相当痛いだろうと思うとできなかった。有生は慶次の気持ちにつけ入るように、舌で口内を蹂躙《じゅうりん》してくる。

「は……っ、う、は……っ、は……っ」

有生の唾液と自分の唾液が混じって、息も上手くできないし、頭の芯が痺れて気持ち悪い。おまけに有生が高ぶった腰を押しつけてくるから、思考が回らなくなる。

「はぁ……っ、はぁ……っ」

長い間口の中を弄《いじ》られ、慶次は息を荒らげた。ようやく有生が解放してくれた時には、ぐったりとしていた。

「慶ちゃんが寝ていた間、ここ弄ってたの、知ってた?」

有生は押さえつけていた慶次の手首を離し、起き上がって慶次の尻を撫でた。慶次は唾液で濡れた口元を拭い、呼吸を整えようとする。けれど有生の指が慶次の尻のすぼまりに潜り込んできたので、それは叶わなかった。

「や、やだ、馬鹿……っ、人が寝ている間に、そんなとこ……っ」

有生の指は難なく奥まで潜り込んでくる。有生が内部に指を入れるたびに、濡れた音が響いた。ローションをたっぷり塗られたらしく、慶次のそこはびしょ濡れだった。おまけに指を三本入れられても痛くない。寝ている間にどれだけ長くそこを弄られていたのかと思うと、憤死《ふんし》しそうだ。

「ホント、こんなに柔らかくなるまで熟睡できるって、すごいね」

有生は根元まで入れた指をぐるりと回した。

「ひぁ……っ」

慶次は腰が熱くなって引っくり返った声を上げた。嫌なのに、嫌なはずなのに、尻の奥を弄られて全身に熱が染み渡っていく。鼓動が速くなり、勃起した性器から先走りの汁が垂れる。

「う、嘘だろ……、嘘……、ぁ……っ、あ……っ」

見せつけるように有生に指をぐちゅぐちゅと動かされ、慶次は腰をひくつかせた。内部の感じる場所を重点的に指で擦られ、甘い声が口から漏れ出る。慶次はシーツの上で身悶え、はぁはぁと忙しなく息を吐き出した。

「指より、俺のでここを擦られたいでしょ」

ぐりぐりと指で前立腺を押され、慶次は嬌声《きょうせい》を上げた。有生は入れた指で内壁を押し上げ、慶次の太ももを震わせる。

「だ、誰が……っ、馬鹿、馬鹿……っ、ひ……っ、やぁ……っ」

内部ばかり執拗《しつよう》に責められ、慶次はシーツを掻いて喘いだ。認めたくないが気持ちいい。回を重ねるごとに、内部での感度が上がっていく気がする。

「慶ちゃん」

有生が顔を近づけてくる。目と目が合うと、どういうわけかまた身動きが取れなくなる。有生はどんな術を使っているのだろう。相手の意思を奪う術なのだろうか。

「慶ちゃんと繋がりたい」

甘い声で囁かれて、慶次はかぁっと耳まで赤くなった。慶次が口をぱくぱくさせると、有生は浴衣の裾を広げた。有生は下着をつけておらず、反り返った凶器を手で支える。

逃げなければ、と頭では分かっているのに、身体は震えるばかりで動かなかった。有生は慶次の背中に重なり、広げた穴に猛った性器を押し込んでくる。

「や、ぁ……っ、あ……っ、う、そ……っ」

ぐぐ、と性器が内部にめり込んできた。大きくて熱いモノが慶次の内部を犯してくる。強引に奥を割り広げられ、慶次は仰《の》け反った。

「はぁ……っ、はぁ……っ」

有生の性器が根元まで一気に侵入すると、慶次は腰を震わせて大きく喘いだ。腹の奥に熱があって、どくどくと脈打っている。怖くて、それでいて気持ちいい。

「ふう……、あー、すげぇ気持ちいい……」

有生は奥まで性器を埋め込むと、上擦《うわず》った声を上げた。有生の気持ちよさそうな声を聞いたとたん、慶次の奥がきゅっと締まる。有生が甘く呻き、慶次の腹を抱える。

「ちょっと体勢、変える、よ……」

有生は慶次と繋がった状態で、座位の体勢になった。胡坐《あぐら》を搔いた有生の膝に収まる形になって、慶次は声を引き攣らせた。自然と奥まで呑み込んでしまい、呼吸が乱れる。結合が深くなった分、慶次の動揺も深くなった。

「や、だ、や……っ」

慶次が仰け反って喘ぐと、有生が慶次の膝裏に手を差し込んだ。

「ヤじゃないよね……、中がひくひくしてる。感じてるんでしょ」

有生は慶次の耳元で囁く。有生の言う通り、銜え込んだ奥が勝手に収縮している。止めたいのに、身体をコントロールできない。

「耳も出てるし……」

有生が潜《ひそ》めた笑いを漏らす。慶次はびっくりして頭に触れた。いつの間にか耳が出ている。理性が飛んで出てしまったのだ。

「て、てめーだって……」

慶次は有生にもたれかかって毒づいた。有生にも狐の耳が出ている。

「うん。だって俺、気持ちいいもん」

有生が蕩《とろ》けた声で慶次の耳朶を甘く嚙む。有生の大きな手が胸元を撫でまわし、乳首を刺激す

る。全身が敏感になっていて、あちこち触られると勝手に鼻にかかった声が出た。

「う……」

慶次は感じすぎて目尻から涙をこぼした。動いていないのに、繋がっているだけで身体に力が入らなくなるくらいの快楽がある。有生の唇が首筋に吸いつき、痕を残していく。きつく吸われると痛くて身をすくめるのに、そこがじんじんとしてきて甘い疼《うず》きに変わる。

「ゆっくり……するよ」

有生は慶次の頬に舌を這わせながら、緩やかな動きで腰を揺らしてきた。さざ波のように甘い電流が走って、慶次は「あっあっ」と甲高い声をこぼした。何も考えられなくなって、身体が心地よさを追ってしまう。身体の芯から、快感が次々と襲ってくる。

「慶ちゃんと俺の身体が……馴染んできてるの、分かる？」

有生は乱れた息遣いで、耳朶のふっくらした部分を嚙んだ。

「やぁ……っ、あ……っ、んあ……っ」

ゆさゆさと律動され、慶次はとろんとした顔で有生の胸に後頭部を押しつけた。自分の吐く息がうるさい。有生の息遣いもうるさくて頭がおかしくなる。

「やぁあ……っ!!」

突然有生が慶次の腰を持ち上げ、下から激しく突いてくる。慶次は室内に響き渡るような声を上げて身悶えた。

「やっぱ、ゆっくりとか無理だわ……、我慢できなくなった」

有生はそう言いながら腰を突き上げてくる。有生は慶次を布団に押し倒すと、バックから激しく突き上げてくる。

「ひあああ……っ、や、だぁ……っ、あああ……っ」

慶次は布団につんのめって、嬌声を上げた。有生は容赦なく慶次の内部を穿《うが》ってくる。肉を打つ音、濡れた卑猥《ひわい》な音、慶次の嬌声が混じって、理性が飛ぶ。

「中がすごい痙攣《けいれん》してきた……っ、はぁ……っ、はぁ……っ、イっていいよ」

有生は慶次の奥に入れた性器をぐりぐりと動かしてくる。その声に促されるみたいに、慶次は襲いかかる快楽の波に流された。

「やあああ……っ!!」

大きな声を出さないと耐えられないような強い絶頂感だった。慶次はシーツの上に大量の精液をまき散らした。脳天まで痺れるような深い快楽だった。

「うっく……う、はぁ……っ、あー、もう……」

有生が何かを堪《こら》えるような声を出したが、次の瞬間には慶次の中に精液を注ぎ込んできた。銜え込んだ有生の性器を締めつけたせいだろう。慶次は内部に広がる熱いものに身体を震わせ、全身をびくびくとさせた。

「はぁ……っ、はぁ……っ、はぁ……っ」

獣みたいな激しい息遣いで、慶次は身体を投げ出した。同じくらい荒い息遣いの有生が背中にのしかかってくる。触られると、身体が勝手に跳ねてしまう。慶次は事後の余韻に浸っていた。

翌朝目覚めると、布団も自分の下肢も綺麗で、慶次はパジャマの上下を着ていた。布団には自分の姿しかなく、一瞬だけあれは夢だったのだろうかと疑った。けれどパジャマを脱ぐと、あちこちにうっ血した痕が残っている。有生にたくさん吸われたなという記憶はあったが、こんなにひどいとは思わなかった。特に首の痕は、誰かに見られるわけにはいかない。慶次は絆創膏《ばんそうこう》を首筋に貼った。

「有生、てめぇ!!」

居間で呑気に朝食を食べている有生を見つけ、慶次はどたばたと駆け込んだ。

「昨夜はよくも！　また俺を強姦したな！　っつーか、昨日、変な術使っただろ！」

慶次が怒鳴りつけると、有生が鮭《さけ》の切り身を口に運んで笑う。

「何、変な術って。何も使ってない。昨日のは合意。誰がどう見ても合意」

有生は平然として答える。

「嘘つけ！　俺が抵抗できないような術を使ったんだろ！　そうでなきゃ、あんなの……おかしい!!」

慶次は昨夜の乱れた自分の姿を思い返し、赤くなったり青くなったりした。有生が驚いたように顔を上げ、何故かニヤニヤしてみそ汁に口をつける。

「へー。まぁそういうことにしてあげてもいいけど」

わざと含みを持った言い方をされ、慶次は腹が立って仕方なかった。さんざん好き勝手にしておきながら、その言い草。何か仕返しをしてやりたいと慶次は地団太《じだんだ》を踏んだ。慶次としてはもっと有生を責めたかったのだが、緋袴の女性が慶次のためのごはんを持ってきたので、昨夜の話はうやむやになった。

「おい、ところで俺のスマホと財布を返せよ」

怒りながら食べるのは消化に悪いと知りつつ、慶次は向かいの席でお茶を飲んでいる有生を睨みつけた。

「あー。あれね、そのうち出てくるんじゃない?」

有生は気のない返事だ。明らかに返す気がない。ムカムカしてお茶でもぶっかけてやろうかと想像したが、どうせ片付けるのは緋袴の女性たちだ。ここは有生のテリトリーで、こっちの分《ぶ》が悪い。

「……そういや、瑞人と会ったぞ」

豆腐のみそ汁を飲んでいる時、ふと思い出して慶次は呟いた。有生のこめかみがぴくりとなる。

慶次は少し驚いて有生を見返した。

有生の反応があまりいいものではなかったからだ。弟と仲が悪いのだろうか。

「瑞人と仲、悪いのか？」

慶次の問いかけに、有生が苦笑する。

「俺は何も言ってないけど？　別に悪くはない」

有生はとぼけているが、有生と一緒にいる時間が長くなって、慶次にも分かってきたことがある。有生は基本的に人間が嫌いだ。でもその嫌いの中に、存在を許している人と、許していない人の二種類がある。家族だから仲がいいと思うのは早計だ。

「まぁでも、分からんでもないな。あいつ、ちょっとノリがついていけないっていうか。最近の若い奴ってああなのかな」

慶次は瑞人の軽いノリを思い出し、うーんと首をかしげた。

「ちょっと前まで高校生だったくせに何言ってんの？」

有生は珍しく笑っている。

「あ、でもあいつ、すごいな。真名を読めるとかいって、子狸の真名を知られちゃったよ。十八歳になって、儀式を受けたら、きっとすごい眷属が憑くんだろうな」

慶次はかすかな羨望《せんぼう》を込めて呟いた。今は子狸でよかったと思うし、離れられない存在になったが、最初はもっと強い眷属が欲しかった。瑞人は真名を読み取る力があるくらいだし、霊能力も強いのだろう。本家の血筋はエリートぞろいだと少し嫉妬《しっと》した。

「——あいつに憑く眷属なんていいるわけない」

ふいに有生の声が冷たくなって、慶次はびっくりした。有生は部屋の隅に目をやり、かすかに苛立った表情になる。

「え、ど、どうして？　だってすごいんだろ？　あいつ……」

瑞人に眷属が憑かないなんて、そんなことがあるのだろうか。有生のただの意地悪な発言かと思ったが、目を見ると本気で言っている。

「ある意味すごいよね。でも眷属の真名を読み取れる奴だよ？　あいつがなんで長い間家から出られなくなったか知ってる？　幼い頃に眷属の真名を片っ端から読み取り、自分の手下みたいに扱ったからだよ。怒った眷属に罰を受けて、日の光を浴びれなくなったんだ。そんな奴と契約したがる眷属なんていいるわけない」

有生の吐き捨てるような言い方に慶次は言葉を失った。

瑞人に日光を浴びられなくしたのは、眷属だったのか。

「あいつは他人の感情が本当に分からないんだ。俺から言わせりゃ子鬼だよ」

有生はそっけなく言い捨てる。言葉の端々《はしばし》から有生が瑞人を嫌っているのが伝わってきた。瑞人のほうは有生を慕っているようだったのに。

同じ血を分けた家族なのに、どうして有生は瑞人を毛嫌いするのだろう。

「っつうか、有生だって他人の感情、無視するじゃん」

重くなった空気を厭《いと》い、慶次は突っ込みを入れた。

「俺のは違う。俺は他人の感情は分かるよ。分かった上で、無視したり、嫌がらせしたりしてるの」

有生のまとう空気が軽くなり、いつもの意味不明な理屈が出てきた。

「どっちも同じじゃん！　っつーか、分かった上でひどいことするお前のほうが悪人じゃん！」

慶次は納得いかずに声を張り上げた。

「別に俺は人から好かれたくないからいいの。俺を好きなのは慶ちゃんだけでいいよ」

有生はテーブルに肘を突いて、にやーっと笑う。

「俺も嫌いだわ！　勝手なこと言うな!!」

いつもの言い合いが始まり、慶次は二杯目のご飯をかっ込んだ。昨夜運動したせいか、いくらでも入りそうだ。食べ終わったら、有生にスマホと財布を返してもらわねば。

慶次の決意は数分後には崩壊した。食事を終えた有生がまたどこかに消えてしまったのだ。

結局慶次は、ここから出られずじまいだった。

有生が消えた後には、Ａ４版の茶封筒が残っていた。兄貴に渡してくれという付箋《ふせん》が貼ってあったので、慶次はそれを持って母屋に向かった。

母屋に行くと耀司はお堂にいると言われ、渡り廊下を通って屋敷とは別棟にあるお堂に向かう。お堂は広い板敷で大きな祭壇がある。祭壇には巫女様と当主しか見ることができないという魔《ま》鏡《きょう》が置かれているのだ。

お堂の扉を開けると、耀司だけでなく、巫女様や一族の重鎮《じゅうちん》がそろっていた。全員討魔師で、党首の弐式丞一《しょういち》もいる。一斉に慶次を振り返ったので、どぎまぎしつつ頭を下げた。

「慶次か。入ってよいぞ」

巫女様に手招かれ、慶次は腰を低くしながら入った。板敷に紫色の座布団を置いて、全員円を描くように座っている。何を話し合っているのだろう？

「もうすぐ夏至《げし》だから、今度の試験内容を話し合っているんだ」

慶次の視線に気づいて、耀司が微笑んで言う。もうそんな時期かと慶次は感慨深くなった。去年の夏至の日を思い出すと、喜びと不安な気持ちが蘇《よみがえ》る。いろいろあって大変だった。

「どうしたのじゃ？」

巫女様に首をかしげられ、慶次は茶封筒を耀司に差し出した。

「あ、これ。有生が持ってってくれって」

慶次に渡された茶封筒を、耀司はすぐに開封した。その目が驚きに見開かれる。

「これは……。あいつが、これを……？」

耀司が中に入っていた資料らしきものを重鎮たちにも見せる。皆も「おお……」と驚愕の声を上げた。

「素晴らしい……」

「あの有生がこんなことを……」

「見直しましたな」

茶封筒の中身について慶次は知らないが、その場にいた者たちにとって良いものだったことは明らかだ。資料を回し合って、有生を褒めたたえている。興味を引かれて慶次が覗こうとすると、耀司はそれを制するように資料を茶封筒に戻してしまった。

「慶次君、ありがとう。有生が帰ってきたら皆喜んでいたと伝えてくれ」

耀司は満足そうな表情だ。こんなことならこっそり覗けばよかったと後悔した。耀司たちにねぎらわれて慶次はお堂を出て、あてもなく庭園を歩いた。また山で足腰の鍛錬でもするかと考えていると、母屋の縁側から手を振る人がいる。

「慶ちゃーん。おーい」

瑞人だ。瑞人がサンダルに足をつっかけて、慶次のほうに駆け寄ってくる。

「あれ、瑞人。学校は？」

今日は平日で学校があるはずだが。慶次のそんな疑問に、瑞人は「創立記念日」と笑顔になる。

「それより、例のスマホ、見つけられそうだよ！　今から有生兄ちゃんの家、行こう。有生兄ちゃん、いないんでしょ？」

瑞人は目をきらきらさせて言う。面白い遊びを見つけた子どもの目だ。

「マジで？　有生なら確かにいないけど……」

スマホを見つけられるとは、願ってもない話だ。とはいえ今朝の有生の話を思い出して、少し躊躇《ちゅうちょ》した。有生は瑞人が好きではないようなのだが、勝手に有生の離れに入れてよいのだろうか。

「じゃ、行こ行こ。くふふ。僕に任せなさーい」

瑞人は相変わらずはしゃいだ様子で先陣を切って歩き出す。母屋の庭園から曲がりくねった石畳を進んだ。有生の離れが近づくにつれ、刈られていない草木が前を阻《はば》む。行きにこんな道あっただろうかと首をかしげていると、瑞人が「やーん」と身をくねらせた。

「また迷路になってるぅ。有生兄ちゃんの離れに行こうとすると、いつもこうなんだぁ」

瑞人はくねくねしながら嘆いている。

「お前、時々オネエっぽいよな……」

瑞人を見てついそう言うと、瑞人が「ひどーい」と慶次を突き飛ばす。

「俺もたまに迷路になるんだよな。まぁでも、そのうち着くだろ。完全拒絶の時はもっと……」

どうやっても辿り着けなかった時は、石畳の道すらなくなっていた。今は石畳の道はあるから、多分着くはずだ。慶次の予想通り、時間はかかったが、離れが見えてきた。

「やったー。着いたぁ」

離れの玄関の前に立ち、瑞人が飛び上がって喜ぶ。がらりと引き戸を開けて、慶次は少し驚いた。いつもなら玄関の前か、三和土に緋袴の女性がいるはずなのに、今日に限って誰もいない。中に上がり込んで、慶次はますます疑問を抱いた。中にもやっぱりいない。

(あれ？　狐の使用人、どこ行っちゃったんだろ)

きょろきょろして探してみたが、人の気配も眷属の気配もない。疑問には感じたが、瑞人に呼ばれて慶次はその疑問を深く追求しなかった。瑞人は迷うことなく奥の部屋を目指している。一番奥の部屋は、床《とこ》の間があるだけのがらんとした和室だ。

「ここ、ここ。ちょっと待ってて」

瑞人はそう言うと、目を閉じて右手を目の前に差し出した。ふわっと眷属の気配が起こり、慶次はびっくりして瑞人の手を覗き込んだ。瑞人の右手の上に首輪をつけた猿がいた。

「慶ちゃんのスマホを探してきて」

瑞人は猿にそう命令する。猿はじっとりとした目で慶次を見つめ、ふっと姿を消した。

「い、今の何？　お前の眷属、じゃないよな……？」

猿に睨まれたような気がして慶次はドキドキしながら聞いた。気のせいか、猿はいやいや従っていたような……？

「うん。たまに呼んで使ってるの。結構役立つんだよー」

瑞人はあっけらかんとしている。

「契約してなくても、眷属の力って使えるんだ……」

どこか腑《ふ》に落ちなくて考え込んでいると、突然目の前の畳に、ぽとぽとっと何かが落ちてきた。驚いて飛びのくと、自分のスマホと財布だ。慌ててそれを手に取り、慶次は感激した。

「すげー!! 俺のスマホと財布だ！ 瑞人、ありがとう！」

あれほど探しても見つからなかった財布とスマホが手に入った。慶次は飛び上がって喜んだ。これで家に帰れる。

「うふふー。僕って頼りになるでしょう。よかったね、慶ちゃん。それじゃさっそく、連絡先交換しようよ！」

瑞人はスマホを取り出して、慶次とアドレスの交換をする。すぐさまメールが送られてきたので、返事を送る。瑞人はご満悦《まんえつ》だ。

「ありがとな。これで帰れるよ」

慶次は瑞人に礼を言い、肩の荷が下りた気分だった。スマホには家族からのメールがたくさん入っている。慶次が本家で世話になっていると聞き、何かあったのではないかと心配していたようだ。今から帰るとメールを打つ。

有生の家での逗留《とうりゅう》も終わりだ。高知土産でも買って帰ろうと決め、慶次は帰り支度を始めた。

■6　君思う

慶次は本家の屋敷を後にした。

本当なら巫女様や耀司に挨拶をすべきなのだが、お堂ではまだ話し合いが行われていて、立ち入り禁止になっていた。あとからお礼の手紙でも書けばいいだろうと思い、慶次は誰にも告げずに出て行った。一応離れの屋敷にはお世話になりましたと置き手紙を残しておいたが、狐の使用人が最後まで見当たらなかったのが不思議だった。ひょっとして白狐に何かあったのだろうか。

慶次は本家に一番近いバス停でバスに乗り駅に向かった。一日三本しかないバスなので、間に合ってよかった。バス内はがらがらだったので、慶次は一番後ろの席で窓の外の景色を眺めた。駅まで二時間くらいかかる。

「ん？　どうしたんだ、子狸」

バスに揺られながら、慶次は腹の辺りでもぞもぞしている子狸に尋ねた。子狸は顰《しか》めっ面《つら》でうつむいている。本家にいるのは居心地いいと言っていたので、出て行きたくないのかもしれない。

『おいら……あの子、好きじゃないです……』

子狸はぼそりと呟いた。あの子というのは瑞人のことだろう。

「有生も嫌いみたいだな。俺はよく分かんないな。でもスマホと財布見つけてくれたのは助かった」

『そのやり方が問題ですぅ!!』

子狸は急にキレたように宙に飛び出してきた。真っ赤な顔をしてぷんぷんしている。

「やり方？」

運転手に独り言の多い客だと思われないように、慶次は小声で言った。

『あんなの眷属権侵害ですぅ!! 猿回しの猿みたいですぅ！ く、く、首輪なんて……』

子狸は悲しそうにうつむく。そういえばあの眷属は首輪をしていた。珍しいなと思ったのだが、まさか……。

「えっ!? まさか、あれ、縛りつけられてたのか!?」

ぎょっとして慶次は大声を上げてしまった。慌てて口を押えて、スマホを取り出して、かけている振りをする。

『ご主人たま、鈍すぎますぅ！』

子狸は呆れている。眷属を縛りつけるという発想がなかったので、子狸に指摘されるまで気づきもしなかった。そういえばあの猿、いやいや従っているようだった。

「な、なんでその場で言ってくんねーんだよ！ 言ってくれれば、瑞人のこと怒ったのに！」

本家から遠く離れた今では、遅すぎる。子狸は無言でため息を吐いている。明らかにそこまで馬鹿だと思わなかったと顔に描いてある。無性に恥ずかしくなって慶次は身悶えた。財布が戻ってきて喜んでいる場合ではなかった。

瑞人は眷属から罰を受けて、去年まで外に出られなかった。それなのに、未だに眷属を無理に従えているのか。ふつう、罰を受けたらもうしないという発想にならないのだろうか？　慶次には理解できなかった。

せめてメールで説教してみようと、眷属をああいう使い方をするのはよくないと送ってみた。一分後に戻ってきた返信は慶次の想像を超えていた。

『慶ちゃん、まっじめー！　ウケるー』

瑞人からの返信に、慶次はうなだれた。瑞人と話が通じない。なんだかどっと疲れた。

「俺もあいつ、無理かも……」

慶次はスマホをバッグにしまい、呟いた。

地元の駅に着いた頃には、夕方四時になっていた。ここから徒歩二十分程度で慶次の家に着く。駅前のロータリーを歩いていると、横からクラクションが鳴った。

「慶次君」

声をかけられてびっくりした。何故か赤い車から涼真が出てきたのだ。目を怪我したのか、左目に眼帯をつけている。白いジャケットを着て、見た目はおしゃれな大学生風で、慶次の住むのどかな町では浮いていた。

「お前……なんで？」

どうして地元の駅にこの男がいるのか分からなくて、慶次はぽかんとした。

「やっと捕まった。君のこと探してたんだよ」

涼真は前回のことなどなかったように、にこやかに近づいてくる。

「何か用？　俺は用なんてないけど」

慶次は眉根を寄せて涼真を無視して帰ろうとした。見かけの好青年ぶりに騙されてはいけない。この男は達也を妖魔にしようとしたし、ナマズの妖怪を手下にしようとした。できるならぶん殴ってやりたいくらいだが、問題を起こすのはまずいので我慢した。

「ねぇ、君さ。幼い頃にあった霊能力、なくなっちゃったんだって？」

涼真は慶次のあとを追いかけてきて、馴れ馴れしく口を利く。

「なんでそんなこと……」

慶次はつい足を止めてしまった。どうして涼真がそのことを知っているのか。

「理由、知りたくない？　教えてあげてもいいよ。っていうか、君の霊能力、戻せるよ」

涼真はしたり顔で言う。慶次は虚《きょ》を衝《つ》かれて動けなくなった。慶次は小さい頃、霊能力が強かったという。自分の霊能力が消えた理由——それが分かるだけでなく、戻せるというのか。

『ご主人たまー、こんな奴の言うこと聞いちゃ駄目ですぅ』

子狸は焦って慶次を止める。子狸の言う通りだと慶次も思い、帰ろうとした。だが、どうしても気になる。幼い頃にあった霊能力が消えた理由。それが分かれば、今よりもっと強くなれる。有生に頼り切りの今の状態から、一人前の討魔師として動き出せる。

「な、なんで、お前がそれを知ってるんだよ……」

いけないと思いつつ、慶次は窺うように涼真を見返した。

「調べたから。っていうか有生さんはその理由知ってるはずなんだけど？　隠してるってことは、聞かせたくなかったのかな。もしかして君が力をつけると困る理由でもあるんじゃない」

涼真は含み笑いを浮かべる。有生は知っていた……？　ますます動揺して慶次は鼓動が速くなった。有生は今までそんなこと一言も口にしていない。有生が理由を隠したのは何故だろう？　半人前の慶次を見てからかうため？　相棒がいなくなるから？　まさか嫉妬……はないと思うが、さまざまな理由が浮かび上がって混乱してきた。一体どうなっているのだろう？

「教えてあげてもいいよ。僕の車に乗りなよ」

涼真は屈み込んで耳打ちする。慶次は脈拍が速まって、軽い混乱状態だった。本音を言えば教えてほしい。理由が分かれば、対処ができる。いや、それだけでなく、涼真は慶次の霊能力を戻せるという。

「で、でもお前は危険な奴だから……」

涼真から真実を聞きたいという欲求に負けそうになりながら、慶次は視線をうろつかせた。

「危険って。言っておくけど、僕が気になってるのは有生さんだけで、君のことは眼中にないよ。それに若い女性ならいざ知らず、君、男の子だろ。ちょっとドライブするくらい、何か問題でも？　僕は妖魔になりそうなのをいろいろ育ててるけど、君とは無関係でしょ」

涼真に言葉巧みに誘われ、慶次はそれもそうだと思い直した。慶次は体力には自信がある。涼真に何かされそうになっても柔道の投げ技で対抗することができる。

「ドライブってどこ行くんだよ」

慶次は涼真の車をちらりと見て呟いた。車は品川《しながわ》ナンバーだった。東京からわざわざ来たのだろうか。

「君が昔、おとりになった雑木林のとこ」

涼真の言葉に慶次はハッとした。あそこに行くということは、本当に理由を知っているのか。

「……分かった」

慶次は腹をくくって言った。見知らぬ土地に連れて行かれるなら躊躇するが、あそこの雑木林なら小さい頃から何度も行っている。涼真よりよほど慶次のほうが知っているはずだ。知っている場所というのが慶次の警戒を弛めた。涼真はにこりとして助手席のドアを開ける。

「じゃ、行こうか」

慶次は助手席に乗り込んだ。一体どんな理由を聞かせるつもりだろう。怖さと知りたい欲求がないまぜになって胸がドキドキする。

「お前、その目、怪我でもしたのか？」

慶次は運転席に乗り込んだ涼真に尋ねた。涼真は軽く左目に触れ、肩をすくめる。

「ものもらいだよ」

涼真はぼそりと呟いてエンジンをかける。

『ご主人たまー……』

子狸の情けない声に蓋《ふた》をして、慶次はフロントガラスに目を向けた。


慶次は十歳の時、伯母の律子《りつこ》に頼まれて妖魔退治のおとり役をした。

くわしい話は後から知ったのだが、近隣の沼に棲み、遊んでいる子どもを沼に引きずり込み命を奪う危険な妖魔だったそうだ。伯母と、当時十四歳だった有生が妖魔退治にやってきた。慶次と兄の信長《のぶなが》のどちらかにおとり役をと言われ、昔から気弱だった兄が尻込みするのを見て、慶次がいさましく立候補した。

季節は冬で、慶次の家の周囲は雪が降り積もっていた。慶次の家から徒歩二十分くらいの場所にある沼近辺も、真っ白に覆われていたのを覚えている。

沼の辺りで遊んでいると、巨大な黒い塗り壁みたいなお化けが出てきた。目は赤く光り、慶次を捕まえようとうねうねと動く手を伸ばしてきた。慶次は怖くて逃げ出した。沼から田んぼのあぜ道を走り、雑木林へと向かった。律子から雑木林へ逃げるように指示されていたのだ。

そして雑木林で待ち構えていた律子と有生が妖魔を退治した——。

涼真の運転する車は、雑木林へとまっすぐ進んだ。車道に車を停め、雑木林の中へと誘われる。慶次は久しぶりにここへ来たので、辺りの景色を眺めながら歩いた。うっそうと生い茂った木々は寂しげで、人の気配もない。一時この辺りにテーマパークを造るという話も出たようだが、立ち消えたと聞く。落ち葉が地面に積もっている中を奥へと進むと、朽《く》ち果てた掘っ立て小屋があった。

「そこに入ったの、覚えてる?」

涼真に聞かれ、慶次は首を横に振った。幼い頃の記憶はあいまいだ。気になって曇りガラスから中を覗いたが、がらんとして何もない。

「早く理由を教えろよ」

慶次は促すように涼真を見た。涼真は掘っ立て小屋のドアノブに手をかけ、きしんだ音を立ててドアを開ける。

「いいよ。実はね、君の霊能力、有生さんが吸い取っちゃったんだよ」

さらりと予想外の言葉を放たれ、慶次は驚愕して目を見開いた。有生が自分の霊能力を吸い取った……？

「ちょ、ま、マジかよ！」

涼真が小屋の中に入ってしまったので、慶次も慌ててその後を追った。小屋の中は薄暗く、埃《ほこり》と砂に覆われている。誰かが捨てていったやかんや段ボール箱、割れたガラスの破片が部屋の隅に散らばっていた。

涼真は窓の傍に立っている。慶次はくわしく話を聞くために、近づこうとした。

『ご主人たまー、駄目ぇぇぇぇ』

「有生が、って……ぎゃあああ!!」

子狸の声と同時に、いきなり地面が消えて慶次は悲鳴を上げた。子狸の騒がしい声がする。土埃が舞い、目の前が真っ暗になって深い穴に落ちた。背中から落ちたせいで下にあった硬い物でしこたま打った。

「なっ、な、な……っ」

何がなんだか分からなくて必死に体勢を立て直そうとする。パニックになって起き上がると、辺りは暗く、何故か上から涼真が見下ろしている。

「すごい、面白いくらい落とし穴にはまってくれた」

涼真は感心したように言う。落とし穴と聞いて、小屋の中央辺りが落とし穴になっていたと知った。慶次は床を踏み外して地下に落っこちたのだ。

「て、てめぇ！　何しやがんだ！」

悪ふざけにしても度が過ぎている。慶次は落とし穴から這い上がろうとして上に登る手立てを探した。落とし穴は思ったよりも深く、何か踏み台がないと出られない。

「何って人質だよ、人質。意外だよねぇ。君みたいなのが有生さんの人質になれるんだ。光栄に思いなよ」

涼真はニヤニヤして言う。

「ひ、人質……？」

慶次は背筋が寒くなって涼真のにやけた顔を見上げた。

「君、ひょっとして何も知らないの？　有生さん、この前会った後、ずいぶん俺たちのこと調べ上げてくれちゃって。妖魔を育ててた『巣』をいくつも破壊していかれたよ。俺の持ってる妖魔も数体解放されちゃってね。この左目、解放された妖魔にやられたんだぜ」

涼真は鬱陶《うっとう》しそうに左目の眼帯を取る。慶次は驚いて腰を抜かした。涼真の左目がえぐられていて、なかったのだ。

有生は確かにずっと家を空けていた。帰ってきた時ひどく疲れていたから何かしていたのだろうとは思っていたが、まさか涼真たちとドンパチしていたというのか。井伊家には興味なさそうな素振りだったのに。

「有生さんてホントいい性格してるよねぇ。俺の妖魔をいっそ退治してくれればいいのに、わざと解放して俺に攻撃するよう仕向けるんだから。あのいやーな性格、ますます欲しくなったよ。嫌がらせしながら楽しそうだったし、絶対こっち向きだろ」

涼真は腹を立てながらも有生を称賛している。慶次にはちっとも理解できなかったが、涼真が有生を諦めていないのはよく分かった。

涼真はどこからか長い板を取り出し、慶次の落ちている穴をふさぎ始める。

「君は有生さんに闇堕ちしてもらうための道具だよ。眷属を憑けられないくらい憎しみが強くなれば、有生さんもこっちに来るしかなくなるだろ。まぁ僕はひどい目に遭《あ》うかもしれないけど、有生さんを手に入れたら上の人が喜ぶから」

涼真は信じられない発言をしている。有生の精神状態をおかしくするために、慶次をこんな目に遭わせたというのか。馬鹿馬鹿しすぎて、笑うしかない。

「有生が俺のことくらいでおかしくなるわけないだろ！　いい加減にしろよな！　妖魔なんか育ててるから、有生の返り討ちに遭うんだよ！　っていうかこのこと警察に言うからな！」

慶次は懸命に這い出ようと土壁に手をつき、登ろうとした。けれど深さがあって、体力に自信がある慶次でも難しい。そうこうするうちに涼真は長い板で天井をふさいでいく。天井をすべてふさがれても、板は軽そうに見えるので大したことはないと慶次は高をくくっていた。

「ははは。そこで有生さんが闇堕ちするのを待ってなよ」

全部の板を敷き詰めた後、涼真が手を組んで何かの呪文を唱え始めた。とたんに背筋がざわっとする空気が迫ってくる。

『ひぃぃぃー。ひぃぃぃー。ご主人たまー、囲まれましたぁ!!』

子狸がぐるぐる走り回る。慶次には見えないが、たくさんの怪しい気配が天井の板の上にいるのが分かった。それはおどろおどろしく、腐った臭いと耳障りな声を立てている。

「て、てめー!! 卑怯だぞ! こらーっ!!」

慶次は飛び上がって怒鳴った。すると板の隙間からどろりとしたものが垂れてくる。手にかかったのでなんだろうと嗅《か》いでみると、とても臭い。

『ご主人たまー!! 妖魔が上からご主人たまを狙ってますぅ! 美味《うま》そうで涎《よだれ》が出てるみたいですぅ。おいらのことも一口で食べるって……っ!!』

子狸はガタガタ震えて尻尾を股の間にしまい込んでいる。

「これ涎かよっ!! 汚ねっ」

慶次は手にかかった液体をズボンに擦りつける。涼真に文句を言わねばと声を張り上げたが、ドアが閉まる音がして出て行ったのが分かった。

「う、嘘だろっ」

本気でこんなことをやっているのか。涼真は有生を闇堕ちさせるために慶次を使うと言っていたが、本気なのだろうか？　有生が自分ごときに感情を乱すわけないのに。第一これはれっきとした犯罪だ。慶次は怒り心頭になりスマホで警察を呼ぼうとした。

「畜生、圏外！」

スマホは圏外になっている。そんなはずないのだが、涼真が何かしたのだろうか？　慶次はどうにかしてここから出られないだろうかとバッグの中身を漁った。着替えと財布くらいしか出てこない。なんで自分は懐中電灯とか音を鳴らす物を持っていなかったのだろうと地団太を踏んだ。使えるものがない。

「子狸、お前だけでも出て行って助けを呼べないか？　もし本当に有生が呼び出されて来ちゃったら……」

有生が来たという想像をした慶次は、ぶるりと震えた。有生のことだ。絶対慶次を馬鹿にして、えんえんと嫌味を言われるに違いない。涼真の口車に乗せられてここまで来てしまったことを後悔した。まさか落とし穴に落とされるなんて考えもつかなかった。

『無理ですぅ。何か術がかかってるみたいで、ここから出られません。しかも上の妖魔はおいらじゃ敵《かな》いません……』

子狸はしょぼくれている。子狸のそんな姿を見て、慶次はいっそう落ち込んだ。

「ごめん、俺があんな奴の話を聞いちゃったから……お前は止めてくれたのに」

子狸は車に乗り込む前も、落とし穴に落ちる前も止めてくれた。突っ走ってしまう己の性格を今ほど悔やんだことはない。

「っていうか……あれホントなのか」

慶次は暗い気分で膝を抱えた。涼真は有生が慶次の霊能力を吸い取ったという。そのせいで自分には力が……？　何を信じていいか分からなくなって、慶次は頭を抱えた。

『ご主人たま！　有生たまを信じて！』

疑惑に押しつぶされそうになった慶次に、子狸の声が響いた。

『有生たまとあんな嫌な奴と、どっちが信用できるんですかぁああ！』

子狸に叱責され、慶次はハッとした。子狸の言う通りだ。涼真みたいな下種《げす》野郎と有生を比べてはいけない。

「そ、そうだな。有生は嫌な奴で、人の身体は弄《もてあそ》ぶし、嫌味を言うし、人を騙すし、好き勝手にするし、人を馬鹿にする最低な奴だけど、涼真はそれ以上だもんな！　って……やっぱ二人とも正直どっちもどっち……。でもまぁ、有生には白狐が憑いてるもんな。そこは大きな違いだよな」

考えているうちに有生を信じていいのか自信がなくなったが、慶次は思い直して顔を上げた。

有生も涼真も嫌な奴というのは変わりないが、それでも慶次は有生のほうが信用できると思った。

『ご主人たま……。有生たまはご主人たまのこと、ふかーく愛しているですぅ。口でなんといってもおいらには分かりますぅ。だからご主人たまも有生たまのこと、信用して下さい』

子狸はやれやれという表情だ。

有生のことは信じるとして、問題は自分だ。どうやってここから逃げ出そう。

（あー俺、どうなんだろ……）

板の隙間からしたたり落ちてくる涎を避け、慶次は不安でいっぱいになった。


慶次はどうにかして穴から這い出ようとした。闇雲《やみくも》に飛び上がっても登れないことは分かっていたので、足場を作ろうと手で土を掘り、壁際に寄せた。スコップでもあれば作業は捗《はかど》るが、あいにく使えるものは両手しかない。爪に土が食い込んで痛みさえあったが、慶次はすごい勢いで土を掘った。大きな石が出てきたので、土台にして土で固める。

この辺の雑木林近辺は夜になると車もほとんど通らない。自力でなんとかするしかないのだ。帰ってこない慶次を案ずる家族も、まさか慶次がこの雑木林にいるとは思いもしないだろう。返す返すも車の中で家族に連絡するべきだったと後悔した。

小屋のドアが開く音がして、慶次はハッとした。

「慶次君。喜びなよ」

涼真が嬉しそうな声で近づいてくる。慶次は嫌な予感がして立ち上がった。

「有生さんに連絡したらすぐ来るって。かなり近くに来てたみたいだよ」

慶次はショックを受けて呆然《ぼうぜん》とした。来なくていいのに、有生は本当に来るのか。

「ちょっと有生さんと会ってくるよ。それで君には……あれ、何してるの？」

涼真は気になったように板の隙間から下を覗いてくる。慌てて土台を隠したが、涼真には見られてしまった。

「なかなか図太い子だねぇ。眷属使わずに自力でがんばるところが、ますます討魔師っぽくない。まぁ、いいや。君はもう用済みだから」

涼真はぱちんと指を鳴らした。とたんに背筋にぞわぞわっと嫌な気配が起こる。

「さよなら、慶次君」

涼真は手を振って去っていく。それと同時に、何か得体の知れない生き物が四方から近づいてくるのを感じた。気のせいかと思ったが、板の隙間から黒い毛玉のようなものが見える。

『ご主人たま、ヤバさ、マックスですぅ！』

子狸は恐怖のあまり、声が裏返っている。

「ど、どうなってる？」

『あちこちから妖魔が集まってきてますぅ。窓を割って侵入してきますぅ。怖いよー。怖いよー。おいらもう駄目かも……』

子狸はきゅーと鳴いて仰向けに引っくり返った。

「ば、馬鹿野郎、まだ何もされてねーだろ！」

慶次は子狸に必死に呼びかけた。そうこうするうちに、板の隙間から黒い毛玉のようなものが身体を細くして穴に落ちてくる。

「うわ、な、なんだこれ……っ」

黒い毛玉のようなものは地面に落ちると、かさかさと音を立てて慶次の足元から這い上がってくる。気持ち悪くて払いのけると、手が痺れたようになる。

『ご主人たま、穢《けが》れを受けますぅ、触らないでぇええ』

子狸は意識を取り戻し、真っ青になって言う。この黒い毛玉は穢れらしい。どうりで触った場所が変な感じだ。

「ど、どんどん落ちてくるぞ」

慶次は引き攣った顔で天井を見上げた。板の隙間から、黒い毛玉のようなものがどんどん落ちてくるのだ。触りたくないが、狭い穴の中で逃げるのは困難だった。懸命に足で踏みつぶしたが、何度も踏まないとすぐに動き出す。

『ご主人たま、武器でやっつけて下さい！』

子狸に言われ、慶次はコンタクトを外した。

「よし、待針。武器を！」

慶次は子狸の腹に手を入れ、待ち針を数本取り出した。左目で黒い毛玉を見ると、中心に赤い珠が光っている。慶次は待ち針を次々と刺していった。待ち針を刺されると、黒い毛玉のようなものはあっという間に消滅する。

「くそ、待針、武器を！」

持っていた針をすべて使い終えると、慶次は子狸に命じた。子狸はうんうん唸《うな》りながら武器を作り出す。子狸の腹に手を入れると十本ほどの針が出てきた。

「キリがねーな！」

子狸からもらった針で黒い毛玉のようなものを倒していったが、敵は途切れることなく上から落ちてくる。二十体ほど倒した頃だろうか、慶次は息切れし、子狸も出てくる針が一本、二本と少なくなってきた。

（ヤバい、このままじゃ、マジヤバい）

慶次は焦燥感《しょうそうかん》に駆られ、天井の妖魔を睨みつけた。今頃気づいたのだが、黒い毛玉のようなものは天井をふさいでいる妖魔から生み出されているようなのだ。妖魔は隙間から慶次を見つめ、慶次が弱るのを待っている。涎を垂らしているところをみると、きっと食べようとしているに違いない。

『ご主人たま……おいら、……おい、ら……』

子狸はふらふらとよろけると、倒れてしまった。今度は揺さぶっても起き上がらない。眷属である子狸に、この場は過酷すぎた。妖魔が周りを囲んでいて、場の『氣』が悪すぎて力が出ない。

神気を糧《かて》としている子狸は、武器を作りすぎて気力を使い果たした。動けなくなってしまったのだ。

「子狸!!」

慶次は焦って子狸を身体の中に入れた。子狸はとても外に出せない。

（クソ、どうしよう、どうすればいい!?）

慶次はどうにかして上から逃げられないかと土台に上がって手を伸ばした。まだ高さが足りず、板にすら手が届かない。焦る慶次をあざ笑うように、黒い毛玉のようなものが慶次の足に群がってくる。

「くっそ、くっそー!!」

黒い毛玉のようなものはどんどん増えて慶次の足を覆い隠すほどだ。振り払おうとしたが、両足が鉛《なまり》のように重くて、言うことを聞かない。

（もう駄目かな……）

慶次は手を伸ばすことを諦めて、のろのろと地面に降りた。黒い毛玉のようなものが背中に登ってくる。

（俺なんかどうせやっても……、って、馬鹿野郎！）

慶次はハッとして両頰を叩いた。黒い毛玉のようなものは穢れだと子狸は言っていた。穢れにとり憑かれると、思考までおかしくなっていく。元気だけがとりえの慶次でさえ、絶望的な気分になる。

「俺は負けない、負けない、負けない……っ」

慶次は呪文のように唱えて、群がってくる黒い毛玉のようなものを振り払おうとした。手足が痺れて、身体が異常に重い。必死に気力を保とうとするが、無性に悲しくて苦しくて、絶望的な気持ちになっていく。これは自分の意思ではないと思うが、抗えないくらい大きな闇に支配されそうになるのだ。

(有生がこんな状態になったら……)

慶次はぼろぼろ涙をこぼして地面に膝をついた。黒い毛玉のようなものが肩や頭にまで乗ってきて、もう重くて立っていられない。悲しいわけでもないのに涙が出てくる。怒りや恨み、妬《ねた》み、嫉妬、あらゆる負の感情が頭の中に入ってくる。

(有生が闇堕ちするなんてことになったら……どうしよう……)

慶次は地面に倒れた。黒い毛玉のようなものは慶次の口の中から体内に入ってこようとする。

(どう……。どうもならないか……)

慶次は考えることさえ嫌になって、四肢から力を抜いた。

なんだかすべてどうでもよくなってきた。

生きることも死ぬことも、自分のことも有生のことも。

全部どうでもいいや。

慶次は意識を手放した。真っ暗な闇が、慶次を包んだ。


慶次は雪の積もったあぜ道をひたすら走っていた。身体がふわふわ浮くような変な感覚がある。足に力が入らないし、まっすぐ走っているかも自信ない。熱があるのだろうか？　頭がぼうっとして、ぐわんぐわんする。

そもそも、なんで俺は走っているんだ？

慶次は後ろを振り返って、驚愕した。黒い塗り壁みたいなお化けが変な声を上げて追いかけてくる。そうだ、自分はあのお化けから逃げているんだった。

「慶次！」

雑木林に差し掛かったところで、慶次の名前を呼ぶ声がした。とっさに顔を上げると紫色のコートを着た律子が慶次に手を差し伸べる。

（あれ、律子伯母さん、若くない？）

律子の顔にはしわがなく、髪形も慶次が知っているものと違う。だが律子なら助けてくれると悟り、慶次は差し出された手を摑んだ。

その時、気づいた。

自分の手足は幼い子どものものだ。律子との身長差があることからも分かった。——これは十歳の時の自分だ。夢だろうか？　なんで自分はこんなに子どもになっているのだろう。

「慶次、もう大丈夫よ。下がっていなさい」

律子はそう言うと腰にしがみついた慶次を後ろに追いやった。慶次は恐れるように自分を追ってきたお化けを振り返った。

「——、武器を」

律子の言葉の前半は聞き取れなかった。きっと眷属の真名を唱えたのだろう。律子の呼びかけに応じて三本足の烏《からす》が現れ、大きな羽を広げたのだ。律子の眷属である八咫烏《やたがらす》だ。律子は八咫烏の腹から銀色に光る弓矢を取り出した。

律子が銀色に光る弓を引いた。矢はまっすぐに飛び、黒い塗り壁のお化けの腹に命中する。

慶次はハッとして律子のコートを引っ張った。黒い塗り壁のお化けは腹に刺さった矢にもがき苦しみながら、再び襲いかかってこようとしたのだ。

その瞬間、黒い塗り壁のお化けは真っ二つになった。切り裂かれた背後から少年が姿を見せる。涼しげな風貌で、光る剣を握っている。

（あ、これ有生だ——）

慶次はそう思いつつ、身体から力を抜いた。黒い塗り壁のお化けは断末魔《だんまつま》の悲鳴を上げて霧散《むさん》していく。

慶次は雪の上に倒れた。全身が熱くて、雪が気持ちいい。

「慶次！　しっかりして！」

律子が慶次の身体を揺さぶって叫んでいる。慶次はぐったりして律子の腕にもたれかかった。次にうっすら目を開けた時には、慶次は律子の背中にいた。熱を出して意識を失った慶次を、律子が家まで運んでくれていたのだ。

慶次はぼうっとした頭で横を歩いている少年を見た。少年はじっと慶次を見つめている。にこりともしない、愛想のかけらもない少年だった。すらりとした肢体に綺麗な顔立ちで、笑えば人気者になりそうなのにもったいない。

「律子さん、気づいたみたいだけど」

有生が呟く。律子がホッとしたように振り返ってくる。

「慶次、大丈夫？　お役目ご苦労さん。お前のおかげであの沼にいた妖魔を退治できたよ。子どもじゃないと興味を引かれないみたいでね。有生は子どもにカウントしてくれなかったみたいだし」

律子はおかしそうに笑いながら言う。何故か有生がムッとした顔つきになる。

「穢れに触れて、熱が出ちゃったのかしら。もうすぐ家に着くから、待っててね」

律子は優しく囁き、一歩一歩雪を踏み締めて進む。顔が火照《ほて》って仕方ない。慶次は自分の吐く息さえ厭わしくて、律子の大きな背中にもたれた。

すると有生が地面の雪を拾って、慶次の頬に押しつける。

「何……？」

慶次はとろんとした目つきで聞いた。頬に雪をくっつけられ、少し気持ちいい。

「こうすればその赤いほっぺが冷めるかと思って」

有生はそう言って慶次の頬にまた拾った雪を押しつける。雪は慶次の頬の熱で溶けていく。変な奴だなぁと思いつつ、慶次は目を閉じた。

「慶次。あのお化け、どうだった？　妖魔を視たのは初めてかい？」

律子がなんの気なしに聞く。

慶次はふいに身体を強張らせ、眉根を寄せる。

「――僕、もう視ない」

慶次は硬い声で呟いた。

「は？」

律子が戸惑った声を上げて立ち止まる。

「僕もう、ああいうの視ない。視たくない」

慶次は頑《かたく》なにそう告げた。

――そう、決めたのだ。自分は金輪際《こんりんざい》、怖いものは一切視ないと。

『……たま……、ご主人……たま』

どこからか声がする。慶次はハッとして目を開けた。

――気づいたら自分は暗闇の中にいた。一瞬頭が混乱してパニックになる。何が起きたか分からなくて、顔中に貼りついた黒いものが気持ち悪くて、取ろうとする。けれど手にもたくさんの異物がついていて、取り払えない。

「クソー!!」

慶次は顔を地面に叩きつけた。とたんに顔にくっついていた黒い毛玉のようなものが一斉に逃げ出していく。

『ご主人たま! よかった、気づいて! おいらもう死んじゃったかと思いましたですぅ!!』

慶次を呼び戻してくれたのは、子狸の声だった。そうだ、自分は涼真の奸計《かんけい》にはまって穴に閉じ込められたのだ。子どもの頃の夢を見ていて、自分がどこにいるか分からなくなっていた。

「これくらいで死ぬかよ! うげぇっ、腹の中が気持ち悪ぃ」

慶次は堪えようのない吐き気を覚えて、その場に吐《と》しゃした。口の中から黒い毛玉のようなものが出てくる。こんなのが入ってきたのかと思うとゾッとする。

『これだけの穢れにやられたら、ふつうの人なら自死するものなんですぅ。ご主人たまが図太くてよかったぁ』

子狸は泣いている。

「子狸、思い出したよ!」

慶次は身体中にくっつく黒い毛玉を必死に剝がしながら叫んだ。

幼い頃の夢で、思い出した。自分に霊能力がなくなった理由――実はすごく簡単なことだった。妖魔を初めて視て、心底びびって、ああいう怖いものはもう二度と視ないと自己暗示をかけたのだ。

「有生に吸い取られたわけじゃなかった！　疑ったりして悪かったよ！」

慶次は手足を振り回しながら怒鳴る。

『有生たま、大変なんですぅ』

子狸は泣きそうな顔で訴える。慶次はどきりとして動きを止めた。

『こんな状態で無理かもですけど、見たいと思えば、有生たまたちが見えるはずですぅ。おいらが力を貸すので、心を鎮《しず》めて下さい』

子狸に言われ、慶次は深呼吸をした。黒い毛玉のようなものは相変わらず慶次に貼りついているが、いったんそれを忘れようと、どっかりとその場に胡坐を搔く。

慶次は深い呼吸を繰り返し、有生の姿を見たいと念じた。すると子狸がコードのようなものを引っ張って、慶次にくっつける。

『慶ちゃんはどこ？』

頭の中にぼんやりと有生の姿が浮かんでくる。ここはどこだろう？　後ろに沼が見える。近くにある沼だろうか？

『あなたの大事な彼は犯して殺しましたよ。可哀想に。何人もの男に犯されて、ぐちゃぐちゃになってぼろ雑巾《ぞうきん》みたいになって妖魔に喰われました』

涼真らしき男が有生に向かって愉悦の表情を浮かべる。とたんに見ているだけの慶次にも分かるくらい空間が歪んだ。有生の顔が怒り狂っていて、輪郭がぼやけるほどだった。殺気が場を支配して、空気がびりびりする。慶次はあまりにもびっくりして、繋がっていたコードを切ってしまった。有生の怒りの波動がすさまじくて、衝撃がこちらにまで来たのだ。

「な、なんだ、今の……」

慶次は鼓動が跳ね上がって、汗びっしょりになった。有生は怒っていた。いや、怒っているなんて可愛いものではなく、激怒していた。

(俺が殺されたって思ったから……?)

慶次はドキドキが治まらなくて、唇が震えた。

(俺がヤられて殺されたと思ったから、あんなに怒ったたっていうのか……?)

映像を見るまでは、有生は呼び出されても冷静に涼真と対峙するだろうと思っていた。有生はいつも感情を乱さない。冷静で上から目線の男、それが有生のはずだ。その有生が、自分のせいで別人みたいに怒り狂っている。

(あいつ……本当に闇堕ちしちゃうかも)

慶次は震えが止まらなくて、初めて恐怖を感じた。有生なら大丈夫だと高をくくっていた自分が信じられない。有生が怒りと恨みで眷属を憑けられないくらいの闇の者になったらどうしよう。自分はここにいて、まだ生きているし、誰からも犯されてなどいない。そう言いたくても、有生はここにいない。

涼真の目的は、有生を闇に貶《おとし》めるだけ。そのためなら自分はどうなってもいいとさえ思っている。そんな男の嘘に騙されるなんて、有生らしくない。冷静さを欠いている。

『ご主人たまのことを愛しているから、取り乱してるんですぅ！』

子狸に怒鳴られ、慶次は呆然とした。有生はそこまで自分のことを特別に想っていたのか。慶次のことは好きじゃないと言っていたくせに、どうして――。

慶次は何故だか涙が止まらなくなった。

有生のことなんて嫌いだが、有生が変わってしまったらたとえようもないほど苦しいと思ったのだ。自分のせいで、有生が有生じゃなくなるかもしれないと思うと身を切られるようだ。

熱い涙が頬を濡らした。有生に申し訳なくて、自分がふがいなくて、悲しくて苦しい。白狐が有生を見限って消えてしまったら、間違いなく自分のせいだ。有生が憎しみに支配されてしまったら、原因は自分にある――。

「子狸……どうしよう……有生を助けなきゃ」

慶次はぼろぼろと涙をこぼした。腹の中から子狸がすーっと出てきて、慶次を見つめる。

『ご主人たま……、今、ご主人たまは他人のためを想って純粋な波動を出してますです。一点の曇りもない、それこそ真の愛情ですぅ』

子狸の身体がキラキラと輝いてきて、慶次は驚いた。それだけでなく、慶次が泣き始めた時から、身体に貼りついた黒い毛玉のようなものがさーっといなくなったのだ。それは子狸のきらきらに怯えるように壁に集まっている。

『有生たまを助けたいと、もっと願ってくださぁい!!』

子狸が拳を握り、四股《しこ》を踏むような格好になる。慶次は頷いて有生を助けたいという願いだけを心に念じた。

信じられないことが起きた。

子狸がみるみるうちに膨らんでいったのだ。子狸は顔を真っ赤にして力を溜めている。

『うう……、うう……、うんとこどっこいしょー!!』

子狸が全身に力を込めて、大声で叫ぶ。きらきらは直視できないくらいになり、慶次は圧倒されて息を吞んだ。子狸はさらに大きくなり、そして——爆発した。

「こ、子狸!?」

真っ白な煙が視界を覆う。慶次は焦って子狸を探した。そこには、成長した子狸——待針がいた。もう子狸ではない。でんとした大きな腹に、ふさふさの尻尾、おっさんっぽい顔だが、確かに待針だ。

『慶次様。一人前になった私は真名を改めます。千枚通《せんまいどお》しとお呼び下さい。さぁ、どうぞ武器を願って下さい』

待針――改め、千枚通しは低い落ち着いた声で言った。待針のような舌足らずな声ではなく、威厳さえ感じる声だ。慶次は涙を拭い、千枚通しを見つめた。

「千枚通し、武器を」

慶次がそう言うと、千枚通しの大きな腹が光った。手を差し込むと、銀色に光る千枚通しが出てくる。長さは包丁くらいはあるだろうか。柄の部分は握ると慶次の手にしっくりくる。

『しっかり握って。貫きます』

千枚通しは慶次の身体を持ち上げた。慌てて武器を上に向けると、千枚通しがしゃがみ込んだ。と、思う間もなく、大きくジャンプする。

「ひえええっ」

慶次は驚愕して声を上げた。千枚通しは慶次を抱えたまま天井にぶつかったのだ。板の上に乗っている妖魔とぶつかると思ったが、慶次の持っている武器が光って板ごと妖魔を貫いた。妖魔が金属音めいた声を出して悶え苦しむ。千枚通しは穴から慶次を救出すると、慶次に背中に乗れと促した。

「お、おう……」

小屋の周囲には妖魔がひしめいている。慶次はおっかなびっくり千枚通しの背中にしがみついた。眷属の背中に乗るなんて初めてだ。質感があるのがまた不思議だ。

『行きまする』

千枚通しはそう言うなり、ドアを足で蹴り飛ばし、外へ出た。そして向かってくる妖魔を手や足、大きな尻尾でびたんびたんと吹き飛ばしていったのだ。

「す、すげえ！　超つええ！　マジですげーよ！」

慶次はひたすら感嘆して千枚通しの背中にしがみついていた。外はすっかり真っ暗になっていて、月が煌々《こうこう》と輝いている。今夜は満月か。雑木林には街灯がほとんどないので、暗闇の中を突っ走るしかなかった。千枚通しはすごい勢いで走っている。後ろから襲ってきた妖魔は慶次が持っている武器で追い払った。千枚通しは有生たちのいる沼に向かっている。

「うおおおお！　行け、千枚通し！」

慶次は武者震いして声を張り上げた。千枚通しは慶次を背負いながら雑木林を駆けていく。千枚通しと一緒なら、怖いものなどない。最強だ、と興奮した矢先、突然慶次は地面に転がった。乗っていたはずの千枚通しが消えて、地面に叩きつけられたのだ。

「な、なんだ!?」

何が起きたか分からなくて、慶次は辺りを見回した。敵の襲撃か、と身構えたが、目の前の地面に子狸が倒れていて、違うと分かった。

『ご主人たまー。燃料切れですぅ』

千枚通しは元の子狸に戻っていた。てっきりもう一人前の眷属になったと思っていたので、慶次はショックを隠し切れなかった。

「燃料切れってなんだよ！　さっきまでのあの強さは!?」

子狸を抱えて慶次はがっかりして怒鳴った。

『おいらが一人前になるにはまだ時間が必要みたいですぅ。一瞬の夢、幻《まぼろし》でした……。ご主人たま、あとは自力でがんばって下さいですぅ。とりあえず脱出まではしたおいらをねぎらって下さいね。てへ』

子狸は呑気なことを言っている。おいっ、と突っ込もうとしたが、背後から妖魔が迫ってくる気配を感じ、慶次は子狸を自分の中に戻し、ダッシュで走り出した。

「くっそー、俺の健脚を舐めるなよ！」

慶次は死に物狂いで雑木林を駆けた。目指すは有生たちのいる沼だ。早く有生を止めなければならない。

「早まるなよ！　有生！」

慶次は大声を上げて力の限り走った。


沼の近くまで来ると、暗くてよく見えないが異様な雰囲気を感じた。空気がぴりついていて、肌が粟立《あわだ》つ。妖魔の気配と眷属の気配が入り交じっている。沼の周囲は腰の高さまである生い茂った草木でいっぱいで、何が起きているか遠目には分からない。

ここの沼は窪地に水が溜まってできたもので、名前もない小さなものだった。そのせいで囲いもなければ危険を知らせる立札もない。幼い頃に襲われかけた妖魔が棲み始めた頃から徐々に大きくなり、今では近隣の人は近づかないような沼と化した。

「うぐあああ……っ」

男の悲鳴が聞こえる。これは涼真の声だろう。慶次は青ざめて草木を掻き分けて沼に近づいた。ようやく開けた場所に出た、と思ったとたん、慶次はぎょっとして足がすくんだ。

涼真が首まで沼に沈み、救いを求めるように手を上げているのが見えたのだ。それをじっと見つめているのは有生だ。有生は黒いスーツ姿で、傍に白狐はいない。目を凝らしてみると、有生と涼真から少し離れた場所に妖魔と眷属が睨み合って静止している。互いに手は出さないが、一触即発という雰囲気で、場の空気の重さに押しつぶされそうだった。

「有生！」

慶次は顔を強張らせて沼に近づいた。有生が涼真を沼に沈めたのは間違いない。そして今も助けようとせず、冷たい目で眺めている。有生は涼真を見殺しにしようとしている。そんなことをしたら、白狐から見限られるのは明白だ。

「有生、俺は無事だよ！　しっかりしてくれ、俺は何もされてないってば！」

慶次はそう言いながら有生に駆け寄った。自分が生きていることを知らせれば、有生が気を変えてくれると思っていたのだ。

けれど、振り向いた有生の目は慶次を見てもほとんど変化はなかった。

「ゆ、有生……？　俺は無事、なんだけど……」

有生の目には自分の姿が映っていないのだろうかと不安になり、慶次は有生を覗き込んだ。ここは無事でよかったと感動の場面ではないのだろうか？

「知ってる」

有生は慶次から目を離し、今にも沼に沈みそうな涼真を見下ろした。

「し、知ってるって……。あの、だからあいつを許してやってくれよ、っていうか死んじゃうだろ！　あいつすげー悪人だけど、殺しちゃ駄目だろ！　ゆ、有生、俺が殺されたと思っておかしくなったのなら、俺なら何もされてないから」

有生の態度に変化がないことに慶次は動揺し、その腕を摑んだ。本気で殺そうとしているのだろうか？　脅しだと思っていたけれど、有生は助ける様子を見せない。

「慶ちゃんが生きていることは知ってた」

有生は冷淡な声で呟く。

知っていたのに、あんなに激怒していたのか——慶次はますます訳が分からなくて、口をぱくぱくさせた。

「知ってたけど、あんなふうに言われて冷静になれなかった。こいつうざいから沼に沈めようと思って。白狐は力を貸してくれないから、こいつの持ってる妖魔を使って沼に沈めてやった。慶ちゃんも一緒に沈むとこ、見てれば？　引き攣ってる顔は結構面白いよ」

有生は淡々と告げる。

慶次は二の句が継げなくなって、白狐を見上げた。白狐は静かな光を湛《たた》えて慶次を見つめている。

「くっそー!!　もうホント、お前って訳分からん！」

慶次は考えるのを放棄して、沼に足を踏み入れた。有生が驚いて目を見開く。有生の心を理解しようとしたが無駄だと気づいた。慶次の理解の範疇《はんちゅう》を超えている。

有生は見殺しにできるようだが、慶次にはできない。だから胸糞悪い相手でも助けに行かなければならない。慶次が沈みかけている涼真を引き上げようと沼に入ると、有生はいくぶん動揺したようだ。

「慶ちゃん、なんでそんな奴助けるの？　死んでないのは知ってたけど、何かされたんでしょ。助けたらまたひどい目に遭うよ」

有生は困惑した声を出す。

「こいつのために助けるんじゃねぇ！　お前のために助けるんだっつーの！」

慶次はやけくそで怒鳴って、重い足を進めた。一足ごとに深く沈んでいく。ここは底なし沼ではないが、かなり深さはあったはずだ。早く涼真を引き上げなければと、慶次は泥の絡んだ重い足を前に動かした。涼真はもがくように手を掻いている。命が惜しくないと言っていた涼真だが、いざ生命の危機にさらされると、本能のほうが勝ったのだろう。慶次に向かって手を伸ばしている。

慶次はその手を摑んで、岸へと引き上げようとした。けれど衣服に泥がまとわりついて思うように動かない。

「有生、手を貸せ！」

慶次は岸から自分たちを見下ろしている有生に怒鳴った。有生は少しだけ考え込んで、深いため息をこぼした。

「白狐、手伝ってくれ」

有生が空に向かって呟く。すると、離れていた白狐が宙でくるりと回転し、高く鳴いた。白狐の身体が光り、有生のほうに戻ってくる。白狐が再びコーンと鳴くと、わらわらと狐がたくさん出てきた。狐は宙を飛び、慶次の肩や腕、手を摑んで岸へと引っ張り上げてくれる。慶次が涼真をしっかりと捕まえていたので、涼真も一緒に引き上げてもらった。

「ひぃ、はぁ……」

沼から這い出ると、慶次は泥まみれになった身体を草むらに横たえた。涼真は沼の水を飲んだらしく、げーげーと吐いている。慶次も全身を襲うだるさに動けなくなっていた。沼から涼真を引き上げたからというだけでなく、穴の中で妖魔に襲われたせいもある。いつものように痺れた感じになって、身動きが取れない。

「あれ、何？」

有生は背後を見て眉を顰める。草むらの陰に慶次を追いかけてきた妖魔たちがたむろしていた。涼真の妖魔もいるし、結構やばい感じだ。

「俺のこと食べようとして追いかけてきた奴ら……」

慶次がぐったりして言うと、有生が「ふーん」と呟く。

「白狐、武器を」

有生が凜とした声で告げる。白狐がぶるりと身体を震わせて全身から光を放つ。有生が白狐の腹に手を入れると、そこから宝刀が生まれた。有生はそれを握るなり、全身の力を込めて、妖魔に向かって刀を振り回した。

「妖魔よ、去れ」

有生が振りかざした宝刀から強い光が生まれ、草むらの陰に隠れていた妖魔を切り裂いた。宝刀の光で妖魔は塵《ちり》となって消えていく。有生は風のような速さでさらに前進し、隠れていた妖魔を次々となぎ倒す。その闘いは一方的なもので、気づいたら慶次を追ってきた妖魔は一掃《いっそう》されていた。

「こいつらもやるか……」

有生は宝刀を持ち替えると、ぎらりと目を光らせた。残るは涼真が従えていた妖魔だけだ。たくさんの狐が一斉に動き出し、睨み合っていた妖魔を追い立てた。妖魔は導かれるように有生のほうへ向かってくる。

「う……っ」

慶次はまぶしくて目を細めた。有生が宝刀を突き出すと、妖魔が串刺しにされる。フラッシュみたいに光が点滅して、気づいたら妖魔はすべて消え去っていた。目をごしごしして辺りを見回すと、狐の姿も消えている。

有生は宝刀を白狐の身体に戻すと、慶次に近づいてきた。

「これでいいの？」

有生はしゃがみ込んで、ぼそりと呟く。辺りは静かな空気に戻っている。有生の眷属も、妖魔も消えた。沼から引き上げた涼真の身体がひくひくしているのが気になる。目はうつろで、口から涎を垂らしているのだ。飲んだ水は吐いたようだし大丈夫だと思うが、救急車を呼ぶべきか。

「最初からそうしろよ……。なんでいたぶるような真似すんの」

有生の力なら、涼真の妖魔を消し去ることなど簡単にできたはずだ。二人の力の差がかなりあったことに慶次は気づいた。さっさと妖魔を倒して自分を助けに来てくれればよかったのではないだろうか？

「痛い目に遭わせないと、また同じことするかもしれないだろ」

有生は平然と言っているが、あの時の有生はとても涼真を助けるようには見えなかった。慶次は疑惑の眼差しを有生に向けた。

「……そうだな、少し本気だった」

慶次の視線を受け止めて、有生がふっと目を逸らす。

「慶ちゃんが来なければ、本当に白狐が離れていったかもね。なんかあの時、そういうことどうでもよくなってたから」

有生が慶次の腕を引っ張り上げて囁く。やっぱり危ないところだった——慶次は急に胸が苦しくなって目を伏せた。

どうしてか分からないが、有生から眷属が離れるのは嫌だと感じた。他人のことなのだし、どうでもいいじゃないかと思うのに、有生が白狐から見限られたらと考えるだけで泣きそうになる。

『——あいつに憑く眷属なんていているわけない』

ふと有生のこぼしたセリフを思い出して、慶次は気づいた。あれは瑞人のことを話していた時だ。有生は瑞人が眷属の真名を読み取って自由に使っていることに嫌悪を抱いているようだった。それに——そういえば、亜里沙に憑いた狐を祓った時も、不機嫌そうだった。

（そうか……）

やっと分かった。有生は眷属が好きなのだ。だから瑞人のことを嫌悪し、狐憑きという言葉に機嫌を悪くした。人嫌いで好きなことなどほとんどないように見える有生だが、眷属に対しては真摯《しんし》な態度で向き合っている。眷属を好いているから、白狐と長年連れ添っている。

その有生が一時とはいえ、慶次のために眷属を手放すかもしれない行為に至ったことに、胸が苦しくなっていた。やっぱりぎりぎりのところだったのだ。有生を止めることができてよかったと慶次は目を潤ませた。

『だから言ってるじゃないですかぁ……』

子狸が腹の中で囁いている。

『有生たまはご主人たまのこと、ふかーく愛してるですぅ……』

そういうことなのかと慶次は唇を噛んだ。有生自身が気づいているかどうか分からないが、子狸の言う通りだ。

「慶ちゃん、なんで泣いてんの?」

有生には子狸の声は聞こえなかったようで、いぶかしむように覗き込まれる。

「やっぱ、こいつ沼に突き落としていい?」

有生がじろりと涼真を見やる。慶次はげんなりして勘弁してくれと言った。


涼真の様子が、魂《たましい》が抜けたみたいな状態だったので、慶次は心配になって救急車を呼んだ。沼の傍で人が倒れていると伝え、自分たちはその場から離れる。事情を聞かれても困るし、妖魔がどうのと言っても理解されないからだ。

慶次は例のごとく身体が痺れていて、有生に背負われて移動した。荷物が掘っ立て小屋にあると言うと、有生は歩いて雑木林に向かう。有生の背中で、あの茶封筒に何が入っていたか教えてもらった。有生は井伊家の調査を独自にして、妖魔の種類や数、誰がどれくらいのレベルの妖魔を従えているかをデータにしたらしい。白狐についている無数の狐たちがその役目を負ったようだ。

「大体、なんで慶ちゃん勝手に帰ってんの？　こうならないためにスマホと財布を隠したのに」

有生は雑木林を歩きながら不満そうに言った。

「お前こそ、こういう心配があったなら言えばいいだろ？　理由もなしに閉じ込められて、逃げ出すに決まっとるわ」

慶次は負けじと不機嫌な声で返した。有生がスマホと財布を隠したのは、涼真が慶次を利用すると推測していたからだろう。涼真と話した時にすでにそう予想していたなんて、慶次にはちっとも分からなかった。言ってくれれば、慶次だって涼真と会った時すぐに逃げ出すなり、有生に知らせるなりした。

「仕事で大事なのはほうれんそうだって父さんが言ってたぞ」

慶次がつけ加えると、呆れたような顔で有生が振り返る。

「何言ってんの。耀司兄さんたちにはちゃんと知らせておいた」

当然といった態度で言われ、慶次はカチンときて有生の後頭部に自分の額をぶつけた。力が入らなくて擦りつけるような動きになってしまったが。

「俺に知らせろよ！」

「はぁ？　研修生に教える必要ないでしょ」

「誰が研修生だ！　俺は一人前の討魔師！」

有生とくだらない言い合いをしているうちに、掘っ立て小屋が見えてきた。街灯があるのでそこだけは明るい。掘っ立て小屋の窓ガラスは割れ、壁板には穴が空いている。妖魔の気配はもうなかった。まだ少しは残っているかもと思っていたので安心した。

「ここに突き落とされたの？」

壊れた扉を乗り越えて中に入ると、有生は真ん中にぽっかりとできた穴を見下ろして言う。慶次は穴の底に自分のバッグがあるのを確認して「そうだよ、大変だったんだから」と頷いた。

「よく出られたね」

有生は慶次を床に下ろして呟く。慶次は目を輝かせた。

「そうなんだよ！　聞いてくれ、子狸が一人前になって、すごいパワーで妖魔をなぎ倒したんだから！　マジすごくて、最強って感じで」

慶次は有生にもたれかかりながら、あの時の感動を思い出し、熱く語る。

「本当に？」

有生は慶次の腹にいる子狸に、じっと疑いの眼差しを向ける。

「ホントだって!!　脱出した後、また子狸に戻っちゃったんだよ……」

有生が信じてくれないのが悔しくて、慶次は頬を膨らませた。子狸は成長したらあのパワフルな狸になるのだろう。今の子狸も可愛いが、慶次としてはやはり強い眷属と仕事がしたい。

「ところで、有生。あのバッグ……」

穴の底にあるバッグを取ってきてくれないだろうかと上目遣いで見てみたが、有生はしらっとした顔で立っている。有生にそんな優しさがあるはずないと、慶次はぎこちない動きで穴の中に滑り下りた。バッグを背中に担いで、穴の上にいる有生に手を差し伸べる。

「……」

有生は無言で慶次を見下ろしている。

「おい、引っ張ってくれよ」

慶次が両手を必死に伸ばして言うと、有生がにやーっと笑った。

「慶ちゃん、なんでそんなに俺を信じられるの？」

有生の目が三日月みたいになって、意地悪そうな笑みがこぼれる。慶次はサッと青ざめて、有生を見上げた。

「お、おい、冗談だろ？　自力で出られる穴じゃないって分かるだろ！　冗談やめて早く引っ張ってくれい！」

有生に意地悪されるかもしれないという考えが頭からすっぽ抜けていて、慶次はうろたえた。意地悪な有生が、こんな美味しいシチュエーションを見逃すはずがない。一体何をされるのだと慶次は恐々として身構えた。

「――ふ。クク」

有生はしゃがみ込んで、ニヤニヤして慶次を見ている。

「焦ってる顔、面白い」

有生にからかわれて、慶次はムッとして睨みつけた。

「おい、その辺にしておかないと、引っ張り上げられた時、お前のこと、中に引きずり込むからな」

慶次が仕返しのように言うと、有生の表情が固まり、立ち上がって去ろうとする。

「うわー、ちょっと待って！　今の冗談、冗談だからぁ！　こっちは身体が上手く動かないんだよ！　早く引っ張ってくれよぉ！」

ここに置いていかれたら大変なので、慶次は悲痛な声を上げた。仕方なさそうに有生が戻ってきて、慶次を穴から出してくれる。ホッと一安心だ。

「動けない君をおぶってやってる俺に、どういう口の利き方？」

有生は軽蔑した眼差しだ。

「お前が先に仕掛けたんだろ！」

有生と言い合いをしながら小屋を出る。慶次は歩けるようになったものの、その動きはロボットみたいだ。有生がもう一度背負ってくれようとしたが、有生のスーツが泥だらけになっているのを見て申し訳ないので自力で歩くことにした。

雑木林の近くに停めてあった有生の車まで来ると、有生はトランクを開ける。

「車が汚れるから、服脱いで、こっちに入れて」

トランクの中にあったビニール袋を差し出されて、慶次は戸惑った。こんな道端でズボンとパーカを脱げというのか。恥ずかしいので嫌だったが、沼に入ったせいで慶次の衣服は泥だらけだ。しぶしぶ慶次は服を脱いでタンクトップとパンツ一枚という格好になった。夜はこの格好では少し冷える。

有生は汚れた衣服をトランクに入れて、運転席に乗り込んだ。慶次はゆっくりした動きで助手席に滑り込む。

(まさか無体な真似はしないよな……)

あられもない格好で助手席にいると、有生に襲われないか不安になった。いつも身体が痺れているところをヤられている。服を脱がしたのも、ひょっとして不埒《ふらち》な行為に及ぶ気じゃ……。この辺はひと気もないし、車の中で無理やり押し倒されたら抵抗できない。

悶々《もんもん》と考えているうちに車は走り出し、暗い夜道をヘッドライトが照らした。慶次は内心ドキドキしていたのだが、それは杞憂だった。

有生は慶次の家の前で車を停めたのだ。ちゃんと慶次を家まで送ってくれた。慶次はびっくりしてハンドルに手をかけている有生を凝視した。

「……降りないの？」

降りようとしない慶次を有生がいぶかしがる。慶次は無性に有生と離れがたくなり、咳払いした。

「あ、あのさ。夜も遅いし、俺んちに泊まっていけば？」

時刻はもう十時で、これから高知に帰るとなると、相当大変だ。慶次のぶっきらぼうな申し出に、有生が目を丸くした。有生は少し考え込んでいる。

「そうしろよ！　なっ」

慶次はシートベルトを外し、大声で言った。このまま有生を帰すのは忍びない。なんだかまだ伝え足りない気がするのだ。家族はびっくりするだろうが、駄目とは言わないだろう。

慶次は車を降りて、玄関のチャイムを鳴らした。恥ずかしい格好なので、早く中に入りたい。

廊下を歩く父のスリッパの音がして、ドアが開く。

「はい、って、慶次!?　そ、その格好は!?　帰りが遅いと思っていたら——」

下着姿の上に顔や手足が泥だらけの慶次を見て、父は仰天《ぎょうてん》している。そして慶次の後ろに有生がいるのを見て、今にも倒れそうになる。

「こ、これは、ゆ、有生様、一体何が……」

父は混乱状態で慶次と有生を交互に見やる。騒ぎを聞きつけて、母と兄の信長がやってくる。

「やー実は、沼に入っちゃって、泥だらけなんだ。そんで、有生も今晩泊めて」

慶次が玄関に上がりながら言うと、父と母と信長が焦ったように小刻みな動きを始めた。以前有生が来た時もあわあわしていたが、今度は泊まると聞いて頭が真っ白になっているようだ。

「ほら、有生、入れよ。母さん、有生のスーツ俺が汚しちゃったんだけど、どうにかならない？兄貴、有生に貸せるパジャマとかある？」

「む、無理よ！ そんな高そうなスーツ洗濯機に入れられるわけないでしょ！ 明日朝一でクリーニング屋さんに行くから！」

「僕なんかのパジャマとか滅相《めっそう》もないよ！」

母と信長は有生を避けるように壁に張りついている。有生は慶次に手を引かれ、若干《じゃっかん》迷惑そうだ。それでも帰るとは言わなかったので、慶次は少し強引に家に上げた。

有生の背中を階段に追いやって、慶次は汚れた衣服の入ったビニールを母に押しつけた。

風呂に入り汚れを落とすと、慶次の身体はだいぶ動くようになっていた。まだちょっとだけ痺れはあるが、一時間もすれば元通りになるだろう。

それにしても家族の動揺っぷりはすごかった。慶次と有生の食事を作ってくれたのは信長なのだが、いつも美味しいごはんを作ってくれるのに、今夜の味つけはひどかった。有生が無言でうつむいてしまったのも無理はない。しょっぱいし、ぱさぱさしてるし、生煮えだった。母はお茶を淹《い》れようとしてこぼすし、父は新聞を読んでいる振りをしてずっと顔を隠していた。リビングにいる間、有生はほとんどしゃべらなかったのに、家族全員浮足立っていた。

風呂から上がった有生は、信長のスエットを借りて慶次の部屋に入ってきた。

「あ、有生。ごめんな、俺の家族、変で」

疲れたような顔をしている有生が気になって、慶次は頭を掻いた。慶次の部屋のベッドの横に、有生のための布団を敷いた。客用の布団は綺麗なのに、母は「来ると思わなくて、干してないけど大丈夫かしら」と不安そうだった。

「嫌味が咽まで出かかったけど、我慢したよ」

有生は敷いた布団にどっかりと腰を下ろして言う。我慢してくれたことに感謝して、慶次は笑顔になった。自分の部屋でくつろぐ有生は違和感がありすぎる。

「お前がいると、周囲の奴ら皆、変になるよなー。台風の目みたいだ」

からかうように言って、ペットボトルを差し出す。有生は素直に受け取り、口をつける。

「慶ちゃんが変なんだよ。俺といて平気なんて」

有生はふうとため息をこぼし、ペットボトルのキャップを閉める。

「そういえば、俺思い出したんだ。自分の霊能力がなくなった理由。やー、涼真の奴がお前が俺の霊能力を吸い取ったとかいうから、一瞬マジで信じちゃって」

ベッドに転がった慶次は、思い出したように口にした。

「は？」

有生が立ち上がって慶次のベッドに腰を下ろす。

「あ、涼真がさ、俺が霊能力がなくなった理由教えるからついてこいって言うんで、捕まっちゃったの。そんで、実はお前が俺の霊能力を吸い取ったとか言い出して」

「ちょっと、まさかそんな口車にのって、ホイホイついていったとか言わないよね？」

急に怖い顔で迫られ、慶次は焦ってベッドの上に正座した。まずい、そのことは言ってなかったのだ。

「え、だってさぁ……知りたかったんだもん」

有生が静かに怒っているのを感じ、慶次は愛想笑いをした。有生は顔を引き攣らせる。

「馬鹿なの？　大馬鹿なの？　ホント、こっちがどういう思いで慶ちゃんを引き留めてたと思って……それにさっき聞かなかったけど、白狐が隠した財布とスマホ、慶ちゃんの子狸が見つけられるわけないよね？　どんな手、使った？」

有生の目がどんどん細くなって、空気が重くなった。有生の怒りに触れると分かっていたが、嘘はつけなかったので、「瑞人が……」と告白した。

「へぇええ……、あーそう……」

案の定、有生は慶次を恐ろしい目で見据える。

「瑞人の奴、また眷属に首輪をつけてたの？」

有生の声が低くなり、慶次は自分が怒られている気分になり頭を下げた。

「は、はい、あの、後で気づいて。一応叱ってみたけど、ぜんぜん響かないようで」

また、ということは、瑞人はいつもあんなふうに眷属を扱っているのか。慶次がそろそろと顔を上げると、有生がくしゃりと髪を掻き乱す。

「あいつはそういう奴。眷属から罰を受けて反省すればまだマシなのに、今度は眷属を逃がさないようにするって思考にいったクズだよ。弟っていっても母親違うしね、正直早く車にでも轢《ひ》かれて死んでほしい」

有生の言葉はにべもない。そういえば有生の父親である丞一は最初の妻が十五年前に亡くなり、一年後に後妻を迎えた。けれどその後妻も瑞人を産んだ後、産後の肥立ちが悪くて亡くなったはずだ。

「俺のミスだな。瑞人に悪さされたくなかったから、あいつが来たら狐には身を隠すよう言ってあるんだ。まさか慶ちゃんが瑞人を頼るとは思ってなかった」

有生は悔しそうに眉根を寄せた。そういえば瑞人といた時、有生の離れから緋袴の女性がいなくなっていた。そういうことだったのか。

「……それで？　瑞人のことはもういいよ。俺が霊能力を吸い取ったって何？　そんなの信じたの？　できるわけないでしょ、マンガかよ」

有生が話を戻して、じろりと睨んでくる。

「だってさぁ、お前ならなんかできそうじゃねーか」

信じたのは自分の頭が悪いせいもあるが、有生が有能すぎるせいもある。慶次のそんな主張は有生の冷たい目で却下された。

「でも思い出したんだ。あの妖魔に追っかけられた日のこと。俺、初めて妖魔を視て、怖くてもう二度と視ないって決めちゃったんだよな。自己暗示ってのか分かんないけど、そのせいで悪霊とか妖魔とか、全部黒っぽいものにしか視えなくなったんじゃないかな」

慶次は辿り着いた答えを明かした。考えてみれば眷属は視えるのだ。いいものは視えるのに、悪いものは視えない理由——慶次の心によるものだ。

「あっそ。じゃ、視るって決めればいいじゃない。そんで、視えるようになったの？」

有生に聞かれ、慶次はしょぼんと肩を落とした。

「いやそれが未だに……。だってやっぱこえーし。まだ視るって決めらんないんだよ！」

「使えねー」

有生にあっさり言われ、慶次は悔しくて歯ぎしりした。

「つ、次の仕事までには絶対視えるようになるから！」

悪霊や妖魔の存在をはっきり視えるようにならなければ、前に進めないことは分かっている。慶次は心に固く誓った。子狸が一人前になれたように、慶次自身も成長しなければ。

「もういいや。寝よう。君のベッド、小さくない？　すげー狭そう」

有生はそう言うなり、何故か床に敷いた布団ではなく、慶次のベッドに潜り込んでくる。

「おいこら、お前は床だろ」

「早く寝ようよ」

文句を言う慶次の腕を掴み、有生が掛け布団の下に慶次を連れ込む。慶次のベッドは男二人で入るには狭すぎる。それにこんな危険な男とベッドに入るなんて、ありえない。

「有生、お前がこっちで寝るなら俺が床で寝るってば。言っとくけどなぁ、ここは俺んちだぞ。よもやいやらしいことをしようとか思ってないよな？」

布団の中で有生と揉み合って、慶次は声を落として注意した。二階には信長の部屋があるし、階下には父と母が寝ている。防音がいいとは言えないこの家で、有生におかしな真似をされたら大変だ。

「分かってるよ。抱き枕にするだけ」

有生はそう言って慶次を背中から抱きかかえる。どうしようかと悩んだが、いくら有生でも家族がいる場所では気を遣うだろうと思い、電気を消して寝ることにした。

自分のベッドに他人がいるのは不思議な感じだ。有生とくっついて寝るのはそれほど嫌ではない。慣れてしまったとしたら恐ろしいことだ。

ふっと部屋が静まり返り、慶次は身をすくめた。有生の頭がくっついてきて、腰に手が回る。

「……白狐が君に礼を言えって言ってるけど、俺は言わないから」

暗闇の中、ぼそりと有生が呟いた。

慶次はどういう表情をしていいか分からず、肩越しにそっと有生を振り返った。有生の顔は見えないが、有生らしいセリフだ。それで礼を言っているつもりなのかもしれない。

「別にいいし……」

慶次は身体を丸めて呟いた。有生の手が慶次の太ももを撫でる。勝手に動くなと慶次がその手を太ももからどけようとすると、有生がうなじに唇を押し当ててきた。

「くっついてたら、したくなった」

耳元で囁かれて、慶次は肘で有生の胸を押し返した。

「やるなって言ってんだろ」

押し殺した声で文句を言うと、有生の手が慶次の股間に伸びる。

「触るだけ。それ以上しないから」

ぐっと腰を引き寄せられて、パジャマのズボン越しに股間を揉まれる。慶次がじたばたと暴れると、有生はいっそう身体をくっつけてきた。

「兄貴の部屋、近いんだぞ。聞こえたらどうすんだ」

必死に有生の手を押しのけようとするが、有生は強引に性器を握ってくる。耳朶に有生の吐息が触れて、ぞわっとして振り返る。

「マジでやめろって……」

寝返りを打って文句を言おうとした慶次は、有生と目が合って、身体が固まった。まただ。また有生と目が合ったら、鼓動が速くなってきた。人の動きを操る術を使っているに違いない。

「ずるいぞ、有生！　お前、俺の身体の自由を奪う術を使ってるな!?」

慶次は有生と向かい合い、目を吊り上げた。有生が呆れたように笑う。

「だから、使ってないって。金縛りの術ってこと？　そんなの使えるわけないでしょ。白狐ならできるかもしれないけど、前も今も、そんなの使ってない」

有生はもの言いたげな目つきで言う。使ってない……？　そんなわけない。そうでなければ、有生と目が合ったくらいで身体の動きが止まるわけがない。

「慶ちゃんは俺が好きなんだよ。だから俺に見つめられて、固まっちゃうだけ」

有生がニヤニヤして慶次の頬をつねる。

「そうやってまた俺を騙そうとして！　俺がお前を好きになるわけないだろ。ムカつくことばっかだし。すぐ人を騙すし。エロいことばっかするし。好きになる要素ゼロだろ」

慶次は騙されまいと、頬にかかる有生の手を振り払った。

「何言ってんの。好きじゃないなら、なんで抱かれてんの」

「だからそれはお前がいつも勝手に……っ!!」

慶次は真っ赤になって口ごもった。この話題を続けるのはまずい。

「っていうかお前こそ、俺を好きなの認めろよな。俺がさらわれてあんなキレたくせに。俺が危ない目に遭わないように家に閉じ込めたくせに」

ニヤニヤする有生に腹が立ち、慶次は有生の前髪を引っ張った。有生はわずかに怯んだが、慶次の手を払いのけて、鼻で笑った。

「俺が慶ちゃんを好きなわけないでしょ」

有生は頑なに認めようとしない。どう見ても自分のことを好きなはずなのに、どうしてそこまで言い張るのか逆に気になった。

「なんで」

慶次が見つめると、有生が真面目な顔つきになる。

「好きなら、一緒にいてこんなにイライラするはずない」

有生にきっぱりと言い切られ、慶次は開いた口がふさがらなかった。好きと認めない理由がそれなのか。確かに有生は慶次といるとよくイライラしている。あれ、やっぱり勘違いか？　と慶次が自信を失いかけた時、腹の中で子狸が笑った。

『好きだからイライラするんですぅ。ご主人たまも有生たまも、恋愛に関してはまだまだ未熟ですぅー』

子狸に指摘され、慶次は妙に恥ずかしくなった。有生は大人だと思っていたけれど、自分に負けず劣らず恋愛音痴だ。子狸以下の自分たちに嫌気が差した。

「もういいよ」

これ以上有生と言い合うのが照れくさくなり、慶次は有生に背中を向けた。それを了承と取ったのか、有生の手がズボンの中に潜り込んでくる。

「いいって、そっちの意味じゃねーよ！」

押し殺した声で怒ってみたが、有生の手で性器を直に握られると、息が止まった。有生は少し乱暴なくらい性器を扱いてくる。

「慶ちゃんが声を出さなきゃいいんでしょ？」

耳元で囁かれ、慶次は赤くなって身体を丸めた。有生の手で性器を擦られて、あっという間に熱が溜まった。形を変える自分の性器が恨めしい。

「慶ちゃん」

有生の空いているほうの手が強引に、慶次の顎を捕まえる。顎を引き寄せられ、唇が重なった。押しのけようとしたが、唇の感触が気持ちよくて目を閉じてしまう。

「ん、ん……」

唇を舐められたり、吸われたりしているうちに、身体中に甘い痺れが起こった。性器を扱かれているせいで、腰から下に力が入らなくなる。有生のキスはしつこくて、口の周りがべたべたになる。平気で口内に潜り込んでくる有生の舌は、慶次の理性を奪う。

「はぁ……。慶ちゃん、感じてる。ねぇ、乳首舐めてあげようか」

有生は勃起した性器をやわやわと握り、熱い息を吹きかけてくる。慶次は身をすくめて、もじもじと足を動かした。怒りたいのに、有生にいやらしいことを言われて、パジャマの下で乳首が尖ったのが分かった。有生に乳首を舐められるところを想像してしまったのだ。何度も抱かれた記憶が蘇り、鼓動が速くなる。

「ほら、ここ。もう尖ってるじゃん」

有生が目ざとく気づいて、パジャマの上から乳首を引っ掻く。それがすごく気持ちよくて、慶次は「ふぁ……っ」と甲高い声をこぼした。

「声出しちゃ、駄目だよ」

有生の濡れた声が耳元でする。有生は潜めた笑みを浮かべ、慶次の乳首を布越しにカリカリと爪で弄る。衣服の下で乳首が敏感になっていくのが分かり、慶次は自分の口を手でふさいだ。やばい。性器を扱かれながら乳首を弄られると、変な声が上がってしまう。

「たくさん可愛がったから、慶ちゃんの身体、すごく感じやすくなったね」

有生は煽るように囁き、衣服越しに乳首を摘んでくる。慶次が悶えるように腰をくねらせると、有生の手がパジャマの裾から中に潜り込んできた。

「ん……っ、く」

直接乳首を摘まれて、慶次は必死に声を殺した。有生は尖った乳首をぎゅーっと引っ張ったりねじったりする。痛いくらいなのに、ひどく感じる。慶次は目を潤ませて、必死に喘ぎ声を我慢した。

「こっち向いて。舐めてあげる」

有生に促されて、慶次は身体をもじつかせた。恥ずかしいから嫌だと首を振ると、有生が慶次の身体を強引に向かい合わせる。

「慶ちゃんの目、潤んでる」

慶次の目を覗き込んだ有生がふっと笑う。有生は慶次のパジャマのボタンを外していくと、素肌をむき出しにした。有生は布団に潜って、慶次の乳首を口に含む。片方の乳首を指先で摘まれ、片方の乳首を舐《ねぶ》られる。

「んん……っ、ぅ、ん……っ」

慶次は荒くなった息遣いで身体をくねらせた。乳首をきつく吸われると、ぞくぞくっと甘い電流が腰に走る。まるで吸ってほしいといわんばかりに胸を突き出してしまう。回を重ねるごとにそこでの快楽が深まり、敏感になっていく。

「はぁ……、可愛い乳首。こんなに小さいのに、すごく感じてる」

有生は慶次の乳首を指で弾いて、色っぽい声を出す。

「たくさん舐めてあげる」

有生はそう言って、わざと音を立てて乳首をしゃぶる。その音が信長に聞かれはしないかと、慶次は怖くて、それでいて脳が痺れるほど感じた。家族のいる家で、こんないやらしいことをしている自分が、恥ずかしい。知られたくない。そう思えば思うほど、気持ちよくなっていく。

「ゆうせ……ぇ……、……っ、ひ……っ」

慶次は口を手で押さえながら、布団の中で身悶えた。執拗に乳首を弄られているうちに、性器から先走りの汁があふれ、下着を汚しているのが分かる。洗濯に出した時、母親に変に思われる。

「お、ねが……い、パンツ……脱がせて」

慶次は観念して有生の頭を抱え込んだ。有生が気づいて、乳首から口を離す。

「汚しちゃったの？　ふふ、もう耳出てる」

有生は興奮した目つきで掛け布団を剝いできた。耳が出ていると言われ、理性が飛んだことを認めざるを得なくなった。隠す間もなく、有生にパジャマのズボンを下ろされ、濡れた下着を見られる。慶次の下着は色を変えている。

「すごいね、こんなに感じてたの」

有生は慶次の腰から下着を引き摺り下ろし、瞳に情欲の炎を宿した。下半身が空気にさらされて、反り返って濡れている性器が露《あらわ》にされる。慶次はティッシュで拭こうとしたが、それより先に、有生が慶次の両足を抱え上げた。

「興奮してきた」

有生はそう言って、慶次の両足をぐーっと折り曲げる。お尻を有生に突き出す形になり、慶次は動揺して足をばたつかせた。

「ば、馬鹿、こら」

有生は有無を言わさず、慶次の尻のすぼまりにかぶりついてくる。尻の穴に舌を這わされて、慶次はびっくりして腰を震わせた。

「ゆ、有生、まずい、それは」

必死になって慶次は押し殺した声で止めたが、有生は興奮したように慶次の尻の穴を舐める。指で穴を押し広げ、内部に舌を入れようとする。慶次はパニックになって、身悶えた。こんなところを信長にでも見られたら憤死するしかない。慶次の部屋のドアには鍵はかかっていないのだ。

「……っ、う、う……っ、……っ」

有生の唾液で尻の穴を濡らされ、弛んだ隙に指で内壁を辿られる。暗い部屋に濡れた音が響き渡る。鼓動が跳ね上がって、獣みたいな息が口をついて出た。自分の尻の穴を舐める有生の姿がいやらしくて、頭が沸騰《ふっとう》しそうだ。

「んんん……っ!!」

指先で感じる場所をぐりぐりと擦られた瞬間、慶次は抗い切れない深い快感に襲われ、性器から白濁した液体を噴き出した。

「……っ、……っ!!」

慶次は四肢を突っ張らせ、脳天まで駆け抜けた快感に耐えた。びくびくと仰け反り、射精の余韻に震える。胸元に飛び散った精液の匂いが部屋に漂う。

「はぁ……っ、はぁ……っ、はぁ……っ」

慶次は口を押さえていた手を外すと、肩を上下させて呼吸を繰り返した。まだ全身が気持ちよくて、ぼうっとしている。

「慶ちゃん、どんどんエロくなるね」

有生は慶次の太ももに頬を寄せて、小声で言う。内腿に歯を当てられて、慶次はびくんと身体を揺らす。誰のせいだと言いたかったが、まだ息が荒くて言葉にならない。

「ね、入れちゃ駄目?」

有生が内部に指を入れて、窺うように言う。

「だ、駄目……っ、マジで、ばれたら出入り禁止だぞ……」

慶次は上擦った声で首を振った。昔プロレスの技を練習した時、階下からうるさいと怒られたことがある。有生と繋がって、それが家族にばれたら、さすがにまずいだろう。

「じゃ、口でして。俺のも、やばいことになってる」

有生はそう言って慶次の身体を離すと、スエットのズボンを押し下げた。有生の性器も下着を押し上げるほど反り返っている。

「え……っ」

慶次は視線をうろつかせて、口をぎゅっと結んだ。舐めろというのか、あれを。以前報酬代わりに抱かれた時に口でしたことはあるが、恥ずかしくてやりたくなかった。

「口でしてくれないなら、無理に入れちゃうかもよ」

有生がからかうような声で脅してくる。

「うう……」

慶次は観念して、のろのろと起き上がった。こうなったら、有生の希望を叶えるしかない。慶次は自分にかかった精液をティッシュで拭うと、体勢を変えて有生の腰に顔を近づけた。有生がベッドに座り、慶次が四つん這いになって勃起した性器を握る。

「ん……」

慶次はすぼめた口で有生の性器に吸いついた。有生の性器は太く硬くなっていて、慶次が舌を這わせると、熱く脈打った。有生の性器を舐めるのは初めてではないが、大きくて長くて口に収まらないので苦しい。懸命に口に含んで動かすと、有生の手が慶次の髪を撫でる。

「歯、当てないで」

有生に笑って言われ、慶次はふうふうと息をしながら、口を動かした。同じ男の性器を舐めているのに、あまり嫌悪感がないのが不思議だ。それどころか有生が感じているような吐息をこぼすとこっちも興奮するし、舌を這わせていると愛しささえ感じる。最初は恥ずかしかったのに、気づけば夢中で反り返った性器を舐めまわしてしまった。

「慶ちゃん、こっちのほうが才能あるんじゃない。すごく気持ちいいよ」

有生の手が慶次の頬や耳朶を撫でる。褒められても嬉しくないので、慶次は銜えながらじろりと睨みつけた。すると口の中で性器がぐっと大きくなる。おまけに有生も狐の耳がぴょんと出てきた。

「興奮する……。慶ちゃん、そのまま銜えてて」

有生の瞳に濡れた色が光り、慶次の頭を抱え込む。なんだろうと思う間もなく、有生が腰を動かし始めた。

「……っ」

慶次は驚いて息を呑んだ。有生は性器を慶次の咽の奥まで激しく突き上げてくる。まるで自分の口が性器になったみたいで、慶次は唇を震わせた。有生の性器が奥へ奥へと突き立ててくる。口内をぐちゃぐちゃにされ、苦しくて、涙が滲む。苦しさのあまり性器を吸い上げると、有生が上擦った声を上げ、慶次の髪を掻きむしった。

「出す、よ……っ」

低い声が響き、続いて口の中に精液が注ぎ込まれた。口の中に出されたことにショックを受け、慶次は思わず口の中の異物を吐き出した。

「げほ……っ、げほ……っ」

精液をこぼしながら、慶次はむせて咳き込んだ。有生は汗ばんだ顔で慶次を見下ろし、まだ硬度のある性器を扱いた。残りの精液が慶次の顔にかけられる。

「あーあ……、出しちゃ駄目じゃん」

有生は興奮した目つきで慶次の濡れた口を指で拭う。慶次の口元や膝には、有生の精液が垂れている。慶次ははぁはぁと息を吐き出し、とろんとした目で有生を見つめた。有生の顔が近づいてきたと思った時には、顔中舐められていた。

有生の吐息が肌にかかる。有生は一度出したのに、興奮が治まっていない。有生だけじゃない、自分の身体も熱くて、もっと深い繋がりを求めている——。

ふいにドアが開く音が遠くから聞こえて、慶次はハッとした。廊下を歩く足音は、信長のものだ。焦ってティッシュを取り、顔や身体にかかった精液を拭く。有生は鬱陶しそうにドアのほうを見ている。

「慶ちゃん？　あの、大丈夫？」

ドア越しに信長の声がして、慶次はうろたえるあまり、ベッドから落ちそうになった。

「だ、だ、大丈夫って、何が!?」

掛け布団を引っ張り、有生と一緒に潜りながら、慶次は引っくり返った声で言った。

「い、いや何か揉めてるような音がしたから……大丈夫ならいいんだけど」

信長はおどおどした声でこちらを窺っている。ドアを開けられたら匂いでばれるかもしれない。

ずだ。

慶次は顔を引き攣らせ、落ち着こうと深呼吸した。有生が苦手な信長だから、入ってはこないはずだ。

「なんでもないよ。大丈夫だから、寝てくれ」

慶次は平静な声を出すよう努めた。ハラハラしてドアの向こうを窺うと、信長が「……そう？分かった」と言って去っていく足音がした。信長の部屋のドアが閉まる音がすると、はーっと溜めていた息を吐き出す。

「……分かってるよ、もう寝るって」

慶次が睨みつけると、有生も諦めたように身体の汚れを落とした。互いに身づくろいを済ませると、慶次は床で寝ようとした。けれど有生に無言で抱え込まれ、結局同じベッドで寝る羽目になった。

それにしても信長が来なかったら、あの後どうなっていたのだろう。有生とのセックスにのめり込んでいるような気がして、慶次は内心穏やかではなかった。

「……慶ちゃんさぁ、いつまで実家で暮らす気？」

互いの息遣いが整った頃、暗闇の中、有生の声が頭上でした。背中に有生がくっついているのが温かくて、慶次は眠りかけていた。

「いつまでって……考えたことない」

なんでそんなことを聞くのか分からなくて、慶次は小声で答えた。仕事を始めたとはいえ、独立てきるほどのお金はない。それに出る気もない。ごはんは美味しいし、家族とは仲がいい。

「君と離れていると、イライラするんだよね。まぁ近くにいてもイライラするんだけど」

有生はぼそぼそした声でしゃべっている。どっちみちイライラするのか。じゃあどこでもいいじゃないかと慶次はいぶかしんだ。

「でも離れに君を閉じ込めておいた時はイライラしなかったな。勝手に出て行った時は、イライラがマックスになったけど」

有生は独り言のようにぶつぶつ話している。

「だからさ——俺の家に、いてくれない？」

唐突にそう言われ、慶次は眠気が吹っ飛んだ。何を言い出すのかと思ったら、慶次が有生の家で暮らす？　冗談にしても笑えない。

「高知のほうでも東京でもどっちでもいいから」

有生は自分の気持ちに気づいていないくせに、外堀だけは埋めようとしている。その二択から選べというのだろうか。

「行くわけないだろ。っていうかお前、俺のこと好きすぎだろ。好きじゃないって言ってるのに、一緒に暮らそうとか訳分からんわ」

慶次は呆れて目を閉じた。有生と一緒に暮らすなんて、天変地異が起こらない限り無理だ。こんな面倒くさい奴と四六時中一緒にいたら、疲れてしまう。

「好きじゃないって。それとこれは別だから」

有生はあくまで言い張るつもりだ。

「あっそ。俺もお前のこと、好きじゃないからいいけど」

腹が立ったので言い返すと、有生がうなじに噛みついてきた。

「嘘つき。俺のこと好きでしょ。認めろよ」

それはこっちのセリフだと慶次は噛まれたうなじを撫でた。痕が残ったら、明日家族にどんな目で見られるか分からない。明日は巫女様に涼真と有生のことを報告しないといけないし、いろいろ大変だ。あの後涼真がどうなったかも、調べなければ。

厄介な相棒を持ってしまったものだと慶次はため息をこぼした。今夜は——いや、有生といる限りしばらくはなかなか眠れそうになかった。

あとがき

はじめまして&こんにちは。夜光花です。

有り難くも有生と慶次の二冊目の本を出してもらいました。

もしこの本から手に取って下さった方がいましたら、ぜひ『眷愛隷属 －白狐と貉－』もよろしくお願いします！

この二人の話は本当に書いていて楽しいです。実はどっちも恋愛下手で、どの方向に進めばいいのか本人たちもちっとも分かってないという。

お互い相手のことが好きじゃないと思っているのですが、はたから見るとイチャイチャしているようにしか見えない、そんな感じを狙ってみました。

今回はとうとう子狸が覚醒……って感じですが、笠井先生の描く子狸が可愛すぎるのでこのままでいいような気もします。

有生の弟をどんなふうにしようかと考えていて、自然とあんな子になりました。何か起こしそうな予感満載な子で、長男の耀司は苦労しそうだなと。

有生と慶次のカップルは楽しくていろいろ妄想できます。また何か書けたら嬉しいです。

イラストを描いて下さる笠井あゆみ先生、前回に引き続き美しい絵をありがとうございます。

イメージ通りの絵を描いてくれるので、毎回楽しみでなりません。子狸の覚醒バージョンは笑っちゃうくらいイメージのままで、いつもすごいなぁと思っております。

まだ全部見ることはできませんが、とても楽しみです。お忙しい中、ありがとうございます。

担当様、的確なアドバイスありがとうございます。またよろしくお願いします。

読んで下さる皆様、感想などありましたら教えて下さい。どうだったか聞かせてもらえると励みになります！

ではでは。また次の本で出会えるのを願って。

夜光花

◆初出一覧◆
きつねに嫁入り －眷愛隷属《けんあいれいぞく》－　　　／書き下ろし

ビーボーイノベルズをお買い上げいただきありがとうございます。
この本を読んでのご意見・ご感想をお待ちしております。

〒162-0825 東京都新宿区神楽坂6-46
ローベル神楽坂ビル4F
株式会社リブレ内 編集部

アンケート受付中
リブレ公式サイト http://libre-inc.co.jp
TOPページの「アンケート」からお入りください。

BBN B●BOY NOVELS

きつねに嫁入り －眷《けん》愛《あい》隷《れい》属《ぞく》－

2017年9月20日 第1刷発行
2021年9月10日 第2刷発行
著 者——夜光 花

発行者——太田歳子
発行所——株式会社リブレ
〒162-0825
東京都新宿区神楽坂6-46ローベル神楽坂ビル
営業 電話03(3235)7405 FAX 03(3235)0342
編集 電話03(3235)0317
印刷所——株式会社光邦

この書籍の用紙は全て日本製紙株式会社の製品を使用しております。
Printed in Japan
ISBN 978-4-7997-3487-2